Chara

眠る劣情

夜光 花

キャラ文庫

この作品はフィクションです。
実在の人物・団体・事件などにはいっさい関係ありません。

目次

口絵・本文イラスト／高階　佑

「あなたたち、反対だったらよかったのにね」

親戚《しんせき》やまわりの大人たちによくこう言われた。

小さな時分は意味が分からなかったが、小学校に上がる頃には大人たちが言っている意味が理解できた。母に似て整った顔立ちの内野晶《うちのあきら》は女の子と見間違えるくらい綺麗《きれい》な顔をしていたが、れっきとした男だった。反対に晶の二つ下の妹の初音《はつね》は、父に似て眉《まゆ》が太く男の子みたいな凛々《りり》しい顔立ちをしていたからだ。

同じ小学校に入り兄妹だということが周囲に知れ渡ると、似たような言葉をよくかけられた。そのたびに初音は傷ついた顔をするので、晶はいつも居たたまれない気持ちになった。綺麗な顔立ちをしている、という言葉は晶にとって褒《ほ》め言葉ではなかった。自分のせいではないのに初音に対して申し訳ない気持ちになる、嫌な言葉だった。

兄妹仲は悪くなかったが、晶は微妙な気持ちを抱えていたので初音を邪険にできなかった。せめて自分くらいは妹を可愛いと言ってあげなければならないと、変な使命感に駆られたほどだ。初音ちゃんのお兄さんは優しい、と初音の友人にまで言われるほど、妹に対して気を遣っていた。そして晶が小学六年生の頃に、その事件が起きた。幼い初音に、晶が一生残る傷をつけてしまったのだ。

その日晶は、友達と野球をする約束をしていて、学校帰りにグローブを抱えて家から飛び出した。同じく学校から帰ってきた初音が、出て行く晶に気づいて一緒に行くと言い出した。前回連れて行った時に友達から妹は連れてくるなと言われたこともあって、晶は内心困ってしまった。お前は帰れと何度も言って初音を追い返そうとした。だが初音は絶対ついて行くと言い出し、晶にまとわりついてきた。

空き地にさしかかった時だった。抱きついてきた小さな身体を晶が振り払ったとたん、初音はびっくりした顔で道の端に倒れ、大きな悲鳴を上げた。

ぎょっとして晶は目を見開いた。

「痛ぁい…っ」

火がついたように泣き出した初音のこめかみは、ざっくりと切れて血があふれ出していた。倒れかかったところに剝《む》き出しの有刺鉄線が連なっていて、運悪く突き刺さってしまったのだ。

そんなに力を入れたつもりはなかった。

ただまとわりつく小さな身体が邪魔で、腕を振り回しただけだった。

「痛い、痛いよぅ、お兄ちゃん」

初音のこめかみから血が流れ落ち、晶は真っ青になってその場に固まった。

初音は草むらに座り込み、大声で泣いている。慌ててその身体を起こし、晶は背中に初音を背負って今来た道を駆け戻った。

頭の中では大変なことをしてしまったという思いでいっぱいだった。近所の男の子たちと野球をしたかっただけなのに。たった一人の妹なのだから初音に優しくしてあげてね、といつも母に言われているのに、とんでもないことをしてしまった。今日はついてきてほしくなくて、苛々《いらいら》していたせいかもしれない。

怪我《けが》をさせる気なんかなかったのに。

近所の空き地から走って家に戻ると、初音の怪我にびっくりして母親がすぐさま病院に連れて行ってくれた。

病院で治療をしている最中も、初音はずっと泣いていた。初音は何針も縫う大怪我だった。背負っていた晶のTシャツに血がつくくらい、たくさんの血を流した。

その夜、母が父に呟《つぶや》いた言葉を今でも覚えている。

「女の子なのに顔に傷ができてしまったわねぇ…。痕《あと》が残らないといいのだけれど」

やっぱり大変なことをしてしまったのだと、晶は青ざめた。それまでも初音に対する申し訳ない気持ちは存在していたが、それがとどめとなった。それ以後初音に嫌な言葉はいっさい吐けなくなった。初音のわがままも全部受け入れ、優しい妹思いの兄を演じてきた。

——歪《ゆが》んだ、兄妹の関係だと分かっていても。

＊＊＊

内野晶は微笑を絶やさずに向かいに座るカップルを眺めていた。

都内にある高級ホテルの上階のフレンチの店は、よく雑誌やテレビでとり上げられるためか満席だった。高校生の時から友人だった明石章文《あかしあきふみ》に誘われ、金曜の夜に食事をしていた。

「料理も美味《うま》いし店の雰囲気もいいし、なかなかいいところだな」

窓際の席でワイングラスを傾け、章文が満足げに笑う。

彫りの深い顔立ちをした長身の青年だ。物怖じしない性格が表情やしぐさに表れていて、じっと見つめられると少し気後れする。身体のラインが綺麗に見えるスーツは、隣の女性からのプレゼントだという。

「そうでしょう？　一度一緒に食事したいと思っていたの」

章文に褒められて嬉《うれ》しいのか、隣に腰掛けていた女性が艶然《えんぜん》と微笑《ほほえ》んだ。

青木愛《あおきあい》と紹介されたその女性は、章文とは友人の紹介で知り合ったと言っていた。大きな目によく笑う大きな口、髪を綺麗に巻いて肩に垂らしている。はきはきとして好感がもてる女性だった。

　会わせたい人がいるから、と章文に言われたのは先月の話だ。婚約して近く結婚するつもりだと告げられた。おめでとう、と晶も喜び、ぜひ会いたいと頷《うなず》いた。

「それにしても、噂には聞いていたけど晶さんってとてもお綺麗な方だわ。男の人相手にこんなふうに言っていいのか分からないけれど…」

　ワインで火照《ほて》った顔で、愛が呟いた。

　綺麗、というのは小さな頃から言われ慣れている言葉だ。それが得だったことはほとんどない。同性からは軽視されているように思えるし、異性からは遠い存在と思われがちだ。ほっそりした顔に黒目がちな目、すっと通った鼻梁《びりょう》、身長だけは章文に劣らないが標準体重を割り込んだ痩《や》せた身体はどんなに着込んでも頼りなげに見える。

「いやそんなことは…」

　晶が苦笑すると、面白げに章文が身を乗り出して笑った。

「そうだろう?　高校生の時は学校で知らない奴はいないくらいの人気者だったんだぜ。一緒にいる俺にとばっちりがくるくらい、大モテだったよなぁ?」

「章文、その話は勘弁して。それよりこれ、美味しいよ」

　楽しそうに昔話を始める章文を慌てて制し、晶はデザートのクレープシュゼットを一口食べた。つい先ほど目の前で調理してくれた一品だ。洋酒を混ぜ合わせフランベするさまは、なかなか見ごたえがあった。

「そうなの？　あら、でも章文さんて高校は…」

何かに気づいたのか愛の目が興味津々といった顔で晶を見る。

「そう、男子校。しかも田舎の全寮制のミッションスクール。週末以外は学校から出ちゃいけない決まりがあったから、目の保養をこいつに求めてたんだよな。いやでも、学校卒業しても皆やっぱりお前は綺麗だって太鼓判押してたぜ」

「そんなもの押さなくていいから」

高校生の時の話を面白おかしく聞かせる章文に内心ひやりとする。未来の妻に笑って聞かせるくらい過去の話になってくれたのならいいが、あまり人に聞かせたい話ではなかった。

「うわぁ、私そういう話けっこう好きなの。晶さんならモテるの分かるわ。男子校って同性でくっついちゃう人もいるって本当？」

嬉々《きき》とした様子で話を聞きたがる愛に、章文がグラスをテーブルに置いて笑いかける。

「一部にはそういう奴らもいたな。晶はノーマルだったから、断るのが大変だったみたいだぞ。なぁ？　それであまりにしつこい輩《やから》がいるから、俺とつき合っているふりとかしたんだよな」

ぎょっとして晶は目を見開き、平然と話す章文を見つめた。章文は何の憂いもなく笑い話としてそれを語っている。

つき合っているふりをしたのは本当だ。告白を断り続けるのが嫌になり、寮を脱走しようと

したところを章文に見つかり、「そんなに嫌なら俺とつき合ってるってことにすれば」と言われた。以後晶が断る前に、章文が恋人のふりをして追い払ってくれて穏やかな生活を送られるようになったのだ。

「わぁ、そうなの？」

すっかり章文の話に心奪われ、愛が笑いながら章文の腕にくっつく。

「章文さん、晶さんに本気になったりとかはなかったの？　正直に言っていいのよ。こんなに綺麗な人ですもの、ぐらつくわよね」

「――そういうのは一切ないから。からかわないでほしいな、二人とも」

面白がって話す章文と愛の間に無理やり入り、晶は困った口調で告げた。酒の肴《さかな》にするにはあまり嬉しくない話だ。

「やばい、ちょっと晶がむくれてきてる。まぁそんなわけで晶は高校時代、大人気だったってことだ」

笑いながらワイングラスを持ち上げ、章文が中の液体を飲み干す。愛は残念そうだが、晶を怒らせてまで話してもらうほどではないと心得ているのか、自分の高校生の時の話をし始めた。場の空気を読めるかしこい女性だ。章文とは気が合うだろう。

その後も途切れることなく楽しく会話し、一時間後には店を出た。タクシーで帰るという二人に、晶は電車で帰ると告げ、ロビーで別れる流れになった。

「明るくていい人だな」

愛が化粧室に消え二人きりになったところで、晶は笑みを浮かべて告げた。

「そうだな、話も合うし、うまくやっていけると思うよ」

ロビーの円柱に背中を預け、章文が苦笑する。

「……幸せになれると思う」

囁《ささや》くように告げられた言葉に、つられるように晶は章文を見つめた。一瞬だけ目が合い、章文が照れた顔で笑った。幸せそうなその笑みに、こちらまで照れくさくなった。

「お前も妹とばかり遊んでないで早く身を固めろよ」

軽く背中を叩《たた》かれて、晶はあいまいな顔で笑った。ちょうど愛が戻ってきて、別れの挨拶《あいさつ》をして先にホテルを出て行った。

外に出ると桜の季節が終わり、道路にはかつて美しかった花びらが土と同化していた。四月下旬ということもあり、気温が上がるにつれ薄着の人が増えている。駅に向かって歩き出し、晶は薄手のコートのポケットに手を入れた。

高校二年生で同じクラスになり知り合った章文とは、かれこれ十年近いつき合いになっている。明るく自信に満ちあふれた態度は会った時から変わっていない。

恋人のふりをしていたと平気で章文が話したのは意外だった。触れてはいけないと思っていたのに、章文はもうふっきれたのかもしれない。

好きだ、と告げられたのは高校卒業間近の放課後の教室だった。ふりじゃなくて、本当につき合いたい。章文がそう告白した時、晶は頭が真っ白になって「考えられない」と答えた。章文は嫌いではないし、むしろ友人の中では一番一緒にいて心安らぐ相手だった。けれど恋人として、となると話は違う。恋愛相手に男を選ぶのは無理だった。告白された時点で晶はもう章文とのつき合いは終わりだと感じていた。章文の心が自分に向いていると分かった以上、これからは距離をおくつもりだった。

変な話だが、自分に対して特別な感情を向けていると気づいた瞬間から、相手の存在が重荷に感じて友人としてもつき合えなくなる。一緒にいても気分が悪くなり、時には吐き気さえもよおす。それまでどんなに仲のよかった相手でも、昔からそうだった。心の病気だと晶は思っている。男が嫌いなのか、他人から向けられる好意が嫌いなのか、自分でもよく分からないが、基本的に人間が嫌いなのだろう。だから集団の中にいてもなるべく目立たず行動しようとしている。

そんな自分が章文と長くつき合えたのは、大学に入ってすぐに章文が彼女を作ったからだ。章文は告白したことなど忘れたかのように、以前と同じつき合いを晶に求めてきた。章文のそんな態度のおかげで、晶は今でも友人として章文と交流がある。

その章文の結婚は、晶にとっても喜ばしい話だった。相手の女性も明るくていい人のようだし、章文には幸せになってほしい。数少ない友人だからこそ祝福したかった。

電車を乗り継いで自宅のマンションに戻ると、晶は郵便受けから手紙を取り出し、自宅の部屋のドアに鍵《かぎ》を差し込んだ。

ドアを開けたとたん、玄関に揃《そろ》えられた靴が視界に飛び込んできた。女物の白いパンプスが目に入り、晶は一瞬だけその場に固まった。

「おかえり、お兄ちゃん。今日、出かけてたのね」

ドアが開いた音に気づき、奥の部屋から色白の女性が駆けてくる。もう少し肉がつけば、と思わせるような痩せた身体に切れ長の目、薄い唇。妹の初音だった。小さな頃は男の子みたいだとよく言われていたが、今は眉を細く整え化粧も覚えて女の子らしくなった。

晶は苦笑してドアを閉めると、初音を見上げた。

「来てたのか。先にメールでもしてくれればいいのに」

初音に微笑みかけ、晶は靴を脱いで廊下を進んだ。３ＤＫの間取りのマンションは、廊下を挟んで奥にリビングが、手前に寝室がある。

「驚かせようと思って来たの！　せっかく料理作って待ってたのに」

短い髪をカラフルなピンで留めた髪型で初音が晶の腕に抱きつく。今年二十五歳になる妹の初音は、時々こうして一人暮らしの晶の自宅に忍び込んでいる時がある。何かあった時のためにと母親に渡した合鍵を勝手に自分のものにしたらしく、連絡なしで上がり込んでいるのが困ったところだ。

「ごめん、もう食べてきた。明日、温めて食べるよ」

べったりと晶に抱きつく初音は、放してくれる気配がない。コートを脱ぎたいと思って初音を見下ろし、晶はふっと顔を曇らせた。珍しく額を出しているせいで初音のこめかみに残った傷痕《きずあと》が見えてしまう。

子どもの時に晶がつけてしまった傷痕だ。女の子の顔に傷を残してしまったことを晶は今でも悔やんでいる。

「章文って覚えてるか？　俺の友達。もうすぐ結婚するんで未来の奥さんを紹介してくれたんだ」

リビングに入ったところでようやく初音が腕を放してくれた。スプリングコートをソファの背もたれにかけて、腰を下ろす。テーブルの上に食事が用意されているのは見えたが、あえて見ないようにした。

「覚えてるよ。へぇー結婚するんだ。よかったぁ」

晶の隣に腰を下ろし、初音が目を輝かせて笑う。章文を自宅に招いた時に、初音に紹介したことがある。初音が章文の結婚を喜んでいるのは意外だった。昔から互いにあまり好いている様子は見えなかった。

「初音も、いい人みつけて早く結婚しなよ」

無駄かと思いつつ晶が軽い口調で話を振ると、いつものように初音が顔をむっとさせ、晶の手を握ってきた。

「あたしはいいの。お兄ちゃんとずっと一緒にいるんだもん。だからお兄ちゃんも、結婚なんかしないであたしと一緒にいてね」

じっと晶を見つめて初音が囁く。初音のそういった言葉は、昔から何度も聞かされてきた。小さい頃ならまだしも、成人した今では息苦しさを感じる。お兄ちゃんっ子、と言えば聞こえはいいが、初音のそれは普通の感情を越えているように思う。この関係性をどうにかしなければならないと思い続けているのに、初音は特定の異性とつき合う気配すら見せない。

「いつまでもそんなこと言ってないで。俺だってそのうち結婚して家庭を持つんだから」

ネクタイを弛《ゆる》めて少し強めに告げると、初音は晶の忠告をまるで気にとめた様子もなく膝《ひざ》を抱えてそっぽを向いた。

「だってお兄ちゃんよりも素敵な人なんて見つからないんだもん」

初音はあっさりと言い放ち、この話は終わりとばかりにテレビをつけて話題を変える。いつもこうだ。初音は晶の言葉を聞かずに自分のしたいようにする。結婚と言ったが、実際晶には今特定の彼女はいない。過去にいた時期もあるが、たいてい初音に邪魔され長くは続けられずにいた。

「そういえばお兄ちゃん、あれ一個食べちゃった」

初音が思い出したようにカウンターの上に置かれた人形を指差す。一瞬動きを止め、晶はカウンターの上の人形を振り返り、ぎこちない顔つきになった。カウンターの上に置かれた人形というのは、コインを入れると扉の奥から日本人形が出てきて、手に持ったお盆でラムネの入ったセロファン包みを運んでくるからくり人形のことだ。以前神社に立ち寄った際に、おみくじを運んでくる日本人形がいて面白いなと思って構造を教えてもらった。

「よくできてるよね。これ…ラムネとったら、ちゃんと引っ込むんだもん」

仕掛けは『茶運び人形』と同じで、盆に載っている物の重さで前進したり後進したりする。時間はかかったが、それほど難しくはなかった。箱の中にラムネの入ったセロファンの包みをたくさん入れ、一つ食べれば次の物が出てくるようにしてある。

「……これは俺の薬だから、初音は食べちゃ駄目だよ」

初音はあのからくり人形を作ったのは晶だと気づいていないようだった。わざわざ言うほどでもないと思い、晶は物憂げに呟いた。

「薬ってこれラムネでしょ？　ラムネが薬なの？」

おかしそうに初音が笑う。

「ラムネだけどね…俺の精神安定剤なんだから、減らされたら困る。補充するのけっこう手間がかかるんだ」

「ふーん、分かったぁ」

初音が無邪気に笑って頷いた。

ワインを飲んだせいか少しだけ眠気が襲ってきた。ソファにもたれ、初音の話す会社の話や実家の両親の話に耳を傾ける。初音は今日も泊まっていく気だろうか。家の中に初音の私物が増えていくのが気になる。二年前に一人暮らしを始めたが、ほとんど前と変わらない状況に、もやもやするものを感じた。侵食されている。離れたくて始めた一人暮らしが意味をなさなくなっている。

相槌《あいづち》を求められ、晶はそうだねと困った顔で笑った。

爽《さわ》やかな陽気が広がっていた。竹垣で囲われた庭に水をまき、晶は池の鯉《こい》に餌《えさ》を与えた。ひととおり庭を見て回り開館時間が近づく頃には館内へ戻る。ガラスと煉瓦《れんが》の壁で覆われた三階建ての建物は、バス停のある道路からすぐに見つけられるように表示がしてある。『からくり人形館』というのが建物の名称だ。晶は三年前からここで働くようになった。もともとは大学を卒業した後、時計職人になろうとして時計メーカーに就職したのだが、三年前にからくり人形と出会い、すっかり魅了され転職を果たした。偶然にもここのオーナーである東《ひがし》田《だ》氏が『からくり人形館』をオープンする時期と重なり、館長代理として働かないかと誘われた。東田は晶がからくり人形に関する豊富な知識をもっているのを評価してくれた。

東田は代々地主だった男で、からくり人形やオートマタをコレクションしていた。屋敷に置ききれなくなったのを機に『からくり人形館』を開こうと決めたようだ。東田のコレクションは素晴らしいもので、館内には数々の自動人形が展示されている。

からくり人形とは、西洋から伝わったゼンマイと糸を使った一定の動きに、人形を組み合わせたものだ。古くから人々の心を魅了したおもちゃで、江戸時代に花開いた。今も残されている有名なものでは『茶運び人形』といって、童子がお茶碗《ちゃわん》を手に持ちながらゆっくりと歩いてくるのが知られている。東田の『からくり人形館』では一階に日本で作られたからくり人形たちが、二階に西洋で生まれた自動人形が展示されている。来館者は多いわけではないがリピーターもいるし、オーナーの東田が半分以上趣味でやっているので仕事場ではのんびりした空気が流れていた。

晶は基本的に来館者の質問に答えたり、修復依頼を受け、からくり人形を直したりもする。館内には江戸時代のからくり人形の設計図なども展示されていて、当時の技術者の才能には驚かされるばかりだ。江戸時代には金属製のゼンマイが作れなかったため、人形師たちはくじらのヒゲを使って代用していた。くじらのヒゲでは力や耐久に限界があったせいか、あまり大きなものは作れなかったようだが、それでも当時の作り手の技術の粋《すい》を集め、西洋に劣らないものを作り上げている。

最近晶は自宅にいるよりも、館内にいてからくり人形たちを眺めているほうが楽しいと感じる時がある。からくり人形は基本的に館内に展示するだけで動かしたりはしないが、ネジを巻けば動くと思うと胸が高鳴る。なかでもひと月前に東田が手に入れた『弓射り童子』に心奪われていた。展示する前に動くところを撮影しビデオに納めたのを展示品のそばで流している。小さな童子が矢をつがえ、次々と的《まと》に向かって矢を放つというものだ。国内でも二体しか現存しないからくり人形を、東田がヨーロッパのオークションで落札した。

「これ、素晴らしいね」

空いた時間に出口付近に設置されたテレビの画像をうっとりと眺めていると、背後から親しげな声がかかった。

「久緒《ひさお》さん。こんにちは」

振り向くと三十歳前後といった感じの男が立っている。からくり人形が好きでよく訪れる来館者だった。鋭い目つきをした男で、どういう職業か知らないがいつもラフな格好で現れる。別の職員にマニアな質問をしてきて困っていると押しつけられ、話すようになった。同じからくり人形好きとして他ではできないような話もできるので、晶としては来館を歓迎している。

「一体どこから掘り出してきたの？」

今日の久緒は若草色のシャツを着て若々しい感じがした。

「あまり大きな声では言えませんが、オークションで落札したんですよ」

メガネを指で押し上げ、晶は小声で久緒に告げた。晶は仕事中はメガネをかけている。最初の頃、からくりではなく晶に熱を上げて見に来る人がいたため、仕事中はメガネをかけるようになった。変装というわけではないがメガネ一つでだいぶ印象が和らぎ、綺麗だと言われる回数が減った。もっと早くかけていればよかったと思うくらい、メガネをかけていると目立たなくていい。

「それはさぞかし値が張っただろうね」

興味深げに『弓射り童子』を眺め、久緒が顎《あご》を撫《な》でる。熱心にからくり人形を眺めるその姿は、子どもが好きなおもちゃを見つめるのと大差ない。同好の士というだけでなく、館長代理としてはこういった来館者は大歓迎だ。つい微笑みを浮かべて見ていると、突然久緒が変なことを呟いてきた。

「……これを大きくしたら、人が殺せるかな?」

予想もしなかった呟きに、ぎょっとして目を見開く。

晶の驚いた様子に気づいたのか、久緒が笑って振り返った。

「ははは、変なこと呟いちゃったかな。実は俺、これでもミステリー作家なんだ。あんまり売れてないけどね。実はからくり人形を使ったミステリーを作りたいと思ってるんだけど」

「ミステリー作家…」

目を丸くして晶は久緒を見つめ、安堵《あんど》して口元を弛めた。平日によく訪れるので決まった就業時間を持つ会社には勤めていないだろうと思っていたが、作家だとは驚きだった。だがどこか納得できる。変わった人だから、変わった職業に就いていると思っていた。

「そうだったんですか、今度ぜひ作品を拝読させてください。からくりが広まったら私も嬉しいです」

晶は『弓射り童子』に目を向け、久緒の提示した案に考えを巡らせた。

「現実的には人を殺すほどの大きさとなると相当お金がかかりますが、フィクションの世界なら何でもありですものね。可能性はあると思います」

「本当？」

久緒の目がきらりと輝き、食い入るように晶を見つめる。

「弓を引くのはバネの力ですから、もっと巨大にして尖《とが》った矢をつがえればできるんじゃないですか。このからくりは四本の矢しか放てませんが、大きなサイズならもっと大量の矢を放つことも……何ですか？」

話している途中で久緒がニヤニヤと笑って晶を見つめる。気になって首をかしげると、ごめん、ごめんと久緒がうなじを掻《か》いた。

「内野さん、からくりで人を殺すなんて間違ってる、とか言わずに即座に想像してくれるから嬉しくなっただけ。一見くだらないことなんかまるっきり考えないみたいな顔してるくせに、意外と妄想好きと見た。まぁからくり人形が好きなら頭が固いわけないか。もう少しゆっくり話ができたら嬉しいな。気を悪くされると困るんだけど、主人公のモデルを内野さんにしたいんだよね」

「私…ですか」

戸惑って久緒を見返し、晶はどういう顔をすればいいか分からなくなった。

「私はつまらない人間ですから主人公にはなりませんよ」

苦笑して晶が軽く手を振ると、面白そうに久緒が笑って腕を組んだ。

「どうして？　すごい面白いじゃないか。たいして目が悪くないのにメガネかけてたりとかして」

久緒の指摘に晶はどきりとしてレンズ越しに久緒を探るように見た。どうして目が悪くないと分かったのだろうか。それとも単にレンズが薄いことを指しているのか。

「わざとメガネかけてるのは、やっぱりモテすぎて困るからかな？　まぁしょうがないんじゃない？　だって内野さん、こんなところにいるのが不思議なほど存在感あるしね。多分あんまり人間が好きじゃない、いやむしろ人間嫌いじゃないかな。…どう、当たってる？」

久緒の言葉に頷く気になれなくて、黙り込んでじっと見つめ返した。昔から自分について語られるのは好きではなかった。ましてたいして会話を交わしたわけでもない相手から言い当てられるのは嬉しいものではない。

「はは、警戒された。もちろんこれは俺の勝手な想像」

にこりともせずに見つめ返す晶に、久緒が謝るように両手を合わせた。その姿に少しだけ表情を弛め、晶はちらりと室内に目を配った。平日の十一時という時間帯には、入館者は久緒しかいない。それにわずかばかり安堵して晶は腕を組んで久緒に目をやった。

「ミステリーを書いていると皆さん、そんなふうなんですか？　確かに私は人嫌いですよ。もしかしたら態度に出ていましたか、そうだったら改めます」

「いや、そんなことない。俺が人嫌いだと思ったのは単純な発想。俺と好きなからくりの趣味がかぶるから」

「え？」

「俺も人嫌いだから、内野さんもそうじゃないかと思っただけ。だから単なる当てずっぽう。メガネの件は、内野さんメガネをとっても目を細めないからそうじゃないかなと思ったんだ」

いたずらっ子のように笑う久緒はとても人嫌いに見えなかったが、選《え》り好みは激しそうだと感じた。

「おっと」

久緒がポケットの中に手を伸ばして軽く会釈した。どうやら携帯電話に着信があったらしい。電話をかけるためにラウンジのほうへ消え去る久緒の背中を見送り、晶はもう一度展示品に目を向けた。ついで画面に流れる映像に目を向ける。

変な男だ。からくり人形で人を殺すなんて考えるとは。

テレビに映し出された童子がきりきりと弓を引く。バネの反動で小さな矢が空を切り、的にぶつかってはね落ちる。

晶は物憂げに目を細め、その場から離れた。

その日晶は仕事帰りに本屋に寄ったあと、まっすぐ家に戻った。五月に入り上着もいらないくらい過ごしやすくなっている。マンションの前の道路は工事中だったので、迂回《うかい》してエントランスに辿《たど》り着いた。

先日母親から電話があって、初音に見合い話が持ち上がっていると聞いた。本人は拒否しているようだが両親は乗り気で、会うだけでも了解するよう晶は説得を頼まれた。順番でいけば晶のほうに先にそういう話が持ち上がるべきだが、今回は父の仕事先の相手が初音を見初めたらしい。母には分かったと頷いて、初音が今晩来た時に話をするつもりだった。いつまでも兄離れができないようでは困る。

家に戻り、玄関先に靴がないのを見て、おや、と目を丸くした。初音の勤めている仕事場はめったに残業がないので、てっきり先に家に着いていると思ったのだ。もしかしたら買い物でもしているのかもしれない、そう考え晶はリビングでテレビを見ながら初音を待った。

夜十一時を過ぎた辺りで、おかしいなと不安になった。

遅くなるとしても、初音は電話かメールをしてくるのが常だ。少し不審に思い、母に電話するともちろん実家には帰ってきていないと言われる。小さな頃からほとんど夜遊びもしないで箱入り娘のように大切に育てられてきた妹だ。もしかしたら事故にでも遭っているのではないかと心配になった。

来ると言ったのにこんなに遅れているのは初めてだ。携帯電話に何度かけても、出ないのが気になる。

——落ち着かない気分になったところで、ふいに電話が鳴った。番号表示を見ると初音の携帯電話の番号だ。ホッとして受話器を取り、晶は「初音？」と声を発した。

『……あんたの妹は拉致《らち》した』

くぐもった男の声が耳に届き、晶はぎくりとして息を呑《の》んだ。一瞬いたずらだろうかという思いが過《よ》ぎったが、男の声の後ろから明らかに初音と分かる泣き声が聞こえてきて硬直する。

「だ、誰？　初音に何を——」

『よく聞け。妹を殺されたくなかったら、言うとおりにするんだ』

殺す、という単語に激しく鼓動が鳴った。悪い夢でも見ているようだ。顔は青ざめ、受話器を握っている手は震えてくる。これは現実だろうか。落ち着かなければ、と自分に言い聞かせ、晶は強く受話器を握りしめた。

『警察には絶対連絡をするな。あんたが連絡すればすぐ分かるようになっている。いいか、ちゃんと聞けよ。あんたの友人に明石という男がいるだろう』

ぼそぼそと聞き取りづらい声で囁かれ、晶は聞き間違いかと思って目を見開いた。

「明石…？　章文のことか？」

『そうだ。奴が近く結婚するのは知っているな。それを破棄させろ』

「え…っ？」

意味が分からず晶はその場に立ち尽くし、眉間《みけん》にしわを寄せた。電話の男は、章文の結婚をやめさせろと言ったのだろうか？

「どうして俺に…？　そんなの無理に決まっているだろう!?」

意味が分からず、混乱して怒鳴りつけてしまった。初音を拉致して電話をかけてくるぐらいだから、身代金を要求されると思っていたのに、予想外の要求を突きつけてくる。

『無理じゃないだろう。高校生の時はつき合ってたって聞いたぜ…』

馬鹿にするような笑いが受話器越しに漏れ、ハッとして顔を歪めた。侮蔑《ぶべつ》的な声音に言いようのない怒りが湧《わ》いてくる。

『いいから言われたとおりにしろ。結婚を破棄するまで妹は返さない。言っておくが、明石にもこの話はするな。妹を取り返すために一時的に破棄しただけじゃ駄目だ。あとでヨリを戻されちゃ困る…。いいか、あんたの行動しだいで可愛い妹さんは傷物になるからな。五時間後に連絡を入れる。それまでにどうにかしろ』

「待…っ」

ぶつりと電話は無造作に切れた。呆然《ぼうぜん》として晶はその場にしばらく立ち尽くしていた。

初音を拉致した犯人の要求に戸惑いを覚えるが、今は行動しなくてはならない。とりあえず母に連絡を入れ、事情を話した。聞いている途中で母は貧血を起こしたらしく、父に代わって話をする。

「とりあえず章文のところへ行って婚約を破棄してもらうよう言ってみる…」

他に手立てはなく、晶は父にそう告げた。警察に連絡を入れるかどうかについて話し合ったが、答えは出なかった。初音はまだ若い女性だ。

『おおごとにして傷物にされたらどうするの!?』

母が父の背後でうろたえているのが分かる。父も困り果てている様子だった。

『犯人から連絡がきたら、すぐ教えてくれ』

父の言葉に返事をして電話を切った。

頭が重い。目の前が暗くなった気分だ。どうして平凡に生きている自分たち家族がこんな事件に巻き込まれるのだろう。

晶は目眩《めまい》を感じ、髪を掻き乱すと、すぐさまマンションを飛び出した。歩きながらも足がしっかりと地面についていない気がした。これは本当に今起きている出来事なのだろうか？　とても現実の話とは思えなくて、晶は白くなった顔で犯人からの言葉を反芻《はんすう》した。五時間後に連絡すると言っていた。その時に章文からいい返事がもらえなかったら、どうすればいいのだろう。あまり時間はない。

最終電車に乗り、がらがらの車内から章文に電話をかける。2コール目で章文が『はい』と出てくる。

「章文…？　申し訳ないんだけど、今から会えないかな…」

電車の揺れを感じながら晶は強張《こわば》った声で問いかけた。すぐに『え？』と驚いた声が返ってくる。

『今からって、もう十二時過ぎてるぜ？』

「ごめん。どうしても緊急の用事があるんだ。話が終わったらすぐ帰るから」

章文の戸惑った声にせっぱつまった口調で告げると、苦笑が戻ってくる。

『まぁ別にいいけど…。緊急の用事ってなんだよ、怖いな。まさか身内に不幸があったとか…？』

章文の声が探るような響きを持っている。晶の硬い声音に身内の死を連想してしまったみたいだ。

「いや、そういうんじゃないから…。夜分遅くに本当に申し訳ない。じゃあ、三十分後に」

とりあえず章文と会う予定はとりつけられた。安堵して携帯電話を切り、今度はどうやって章文を説得するかに頭を悩ませた。

章文の結婚をやめさせるなんて、そもそも要求がおかしい。章文に恨みでもあるのだろうか。あるいはあの愛という女性を好きな男の仕業なのだろうか。考えれば考えるほど分からなくなり、晶は頭を抱えた。

初音を無事に返してもらうためとはいえ、友人の婚約を破棄させるなんてしてもいいのだろうか。先月一緒に食事した時は、あんなに楽しそうに笑い合っていた二人を引き裂く真似《まね》を、自分がすることになろうとは考えもしなかった。

考えれば考えるほど、わけが分からない。どうして犯人は自分にこんな要求をするのだろう。第一章文に婚約を破棄してくれと頼んで、果たしてイエスと言うだろうか？　言うわけがない。そんなもの決まりきった話だ。しかも初音を誘拐されたと言ってはいけないと釘《くぎ》を刺されている。

（初音の話をしなければ、婚約破棄なんてしてくれるわけがない…。言うなと言われたけれど、言うしかないだろう）

憂鬱《ゆううつ》な顔で携帯電話を握りしめていると、ふいに着信音が鳴り響く。どきりとして表示を見ると初音からだ。これは無論犯人からだろう。

指を震わせて受信ボタンを押すと、あのくぐもった声が耳を震わせる。

『……警察には言ってないようだな。可哀想に。母親はショックで寝込んじまったみたいだな』

くくっと嫌な声で笑われ、すっと身体が冷えるようだった。犯人の言葉に、まるで今までの会話をすべて聞かれていたのではないかという不安に襲われた。そんなはずがあるだろうか。ただの当てずっぽうなのか。

『あんたの会話は全部聞こえてるぜ。よく聞け、あんたの妹の裸の写真撮ったぜ。もし警察に話したらこれをネットで全部ばらまくからな。分かったら、俺の要求どおりにしろよ』

再び電話が切られ、晶は睨《にら》みつけるように液晶の表示を見つめた。

会話が全部聞かれている？　そんなはずはない、と晶は青ざめて唇を噛《か》んだ。超能力をもっているわけでもない相手に会話が全部つつぬけになるはずがない。

（どういうことだ…？）

考えられるのは晶の家か実家に盗聴器がつけられているということだ。不審に思いつつ車内から実家へ電話をかけると、すぐに父が出た。

『母さんは電話のあと、倒れてしまってな。それより犯人から連絡があったのか!?』

父の言葉に驚愕《きょうがく》し、先ほどの犯人との会話を話した。もし盗聴器がつけられているなら、おそらく実家だ。何故《なぜ》なら晶との会話の時は、母は貧血を起こしていたがまだ寝込んではいなかったからだ。犯人ははっきりと『寝込んだ』と言いきった。両親の会話を盗み聞いたから出てきた発言だろう。だが薄気味悪い思いがしてはっきりとは言えなかった。それにもし犯人もこの会話を聞いているなら、うかつなことは言えない。

『気をつけていけよ』

話している最中に父も盗聴器をつけられているという疑惑が頭をかすめたらしい。微妙なニュアンスで晶に分かったというサインを送り、電話を切った。

突然の事件に襲われ頭が回っていなかったが、犯人の発言で気づいたことが一つある。

それはこれが衝動的な犯行ではないということだ。

犯人はあらかじめ実家に盗聴器をつけるくらい計画性をもってやっている。初音が拉致されたのは偶然ではなく前から狙《ねら》われていたということだ。

（でも何故？　章文の結婚を阻止したいなら章文自身を狙うのではないだろうか）

理由は分からないが、今は章文のもとへ行くしかない。頭が混乱したまま窓の外の暗い景色を見据えた。

章文のマンションに辿り着いたのは十二時半を少し回った頃だった。チャイムを鳴らすとすぐに章文が顔を出し、「おう」と声をかけてきた。

「夜遅くにすまない…」

ぎこちない顔つきで謝ると、章文が中に入れと促す。祖父の遺産でこの３ＬＤＫのマンションを譲り受けた章文は、リビングの飾り棚に色とりどりの食器を飾っている。アンティーク食器の収集が章文の趣味だ。前に来た時に見せてもらったが、高そうなカップに怖気づいて触ることすらしなかった。西洋のインテリアが好きな章文の部屋はすっきりと物が整頓され居心地がいい。訪れたのは数年ぶりで、以前はなかった温かみを感じる。それはところどころに飾られた花や写真のせいかもしれない。

「珍しいな、こんな遅くに。お前明日も仕事なんだろ？」

ソファに腰を下ろした晶に、章文がコーヒーを淹《い》れてくれた。湯気を立てたマグカップを受け取り、晶は言葉に詰まってテーブルに目を落とした。テーブルの上には賃貸情報誌がいくつか置かれている。

「ああ、新居探してるところ」

雑誌を見つめる晶に気づき、章文が雑誌を重ねながら呟いた。

「本当はここで暮らそうって言ってたんだけど、どうせならここ売って新しく一戸建て買おうかって話になって」

「……」

晶の隣に腰を下ろし、章文がマグカップに口をつけた。

「このマンションも悪くはないけど、犬が飼えないしな。前、言ったことあったか？　大型犬飼ってみたいんだよな、ほら番犬にもなるだろ」

　他愛もない話を明るい声で語る章文に、晶は何も言えずに黙り込むしかなかった。こんなふうに未来の話を楽しげに語る章文に対し、結婚をやめてくれなんて言えるわけがない。

「俺は黒い犬がいいって思ってるんだけど愛は…って、何だよ、晶」

　びくりとして晶は肩を震わせた。急に肩を叩かれて、大げさにびくついてしまった。その反応に章文までびっくりした顔になる。

「お前、大丈夫か？　さっきから青い顔して」

　晶の肩から手を引っ込めて章文が不思議そうな顔になる。

「あ、う…ん。あの…愛さんとの結婚話…順調に進んでるんだね」

　とても章文と目を合わせていられなくて、うつむいてかすれた声で問いかける。

「…いやそれが順調とは言いがたい」

　てっきり頷くとばかり思った章文は、少し逡巡《しゅんじゅん》した様子で呟いた。

「え？」

　予想外の答えに思わず顔を上げる。

「愛の周りにけっこう面倒なヤツがいて……いや、この話はやめとこう。あまり気分のいい話じゃないから」

　言葉を濁して章文がコーヒーに口をつける。

「どうして。聞かせてほしい、愛さん……どうしたの？」

もしかしたら今回の犯人はその男かもしれない。そんな予感があって晶が身を乗り出すと、反対に章文が嫌そうに眉を顰《しか》めて身を引いた。

「簡単に言えばストーカーだよ。つきまとわれて何度か警察の世話になったってだけ」

嫌なことでも思い出したのか章文の顔が曇る。

「お前、こんな夜中に来てそんな話聞きに来たのか？　それより話って何だ。早く話せ、こんな時間に来たんだから大切な話なんだろ？」

軽く手を振って章文が促す。再び困り果て、晶は黙り込んで手を握り合わせた。一体どうやって話せばいいのだろう。いくら初音の身が危ういからといって、そのままをぶつけて章文を納得させる自信がない。

（どうしよう…）

心拍数が上がってきて焦りを覚えたとたん、ポケットから着信音が響いて身を震わせた。震える手で携帯電話を開き、初音の携帯電話からメールが来たのを確認する。もしかしたら無事逃げられた、という知らせではないかと淡い期待を抱いた晶は、メール本文に何も書かれていないのを知り落胆した。メールには画像が添付されている。一瞬迷ったが念のためと思い画像を開き、晶はぞっとしてすぐさま携帯電話を閉じた。

——初音が手足を縛られ、どこか汚い倉庫のような場所で転がっている映像だった。どっと汗が噴き出て、全身が強張った。画像は強烈だった。はっきりとは見えなかったが、初音の頬《ほお》に殴られた痕があった。

「章文、お願いがあるんだ」

もはや躊躇《ちゅうちょ》する余裕もなく、晶はすがるように章文を見つめて口を開いた。

「お前、顔色が悪いぞ…？　それにすごい汗が」

「章文、結婚をやめてくれないか」

章文の話を遮《さえぎ》って晶が強い口調で告げると、意味が分からなかったのかぽかんとした顔で章文が見つめ返してくる。

「結婚を…やめるって、何で」

戸惑った顔で章文に問い返され、晶は思い余って章文の手を握った。急に手を握られて驚いたのか、章文が身を引く。

「お願い。何でもするから結婚しないでほしい。このとおりだから」

章文の手を両手で握り、大きく頭を下げる。焦った様子で章文は手を離そうとしたが、晶は意地になったように握り続けた。

「おい、冗談でも言っていいことと悪いことがあるだろ。何で俺が結婚をやめなきゃいけないんだよ。大体お前、この前祝ってくれただろ？」

動揺した声で手を引っ張る章文に、晶は言葉に詰まって握った手に力を込めた。何か、何でもいい理由を言わなければ章文だって納得しない。晶は唇を噛み、初音が拉致された話をしようかと考えた。だが実家に盗聴器をつけた相手だ。果たしてここにないと言いきれるだろうか。先ほどのメールだって、もしかしたら迷っている晶を見越して送ってきたものかもしれないというのに。

晶は顔を上げ、泣きそうな顔で章文を見つめた。

「……章文が…結婚すると思ったら、すごく嫌だと思ったんだよ…」

我ながら最低な理由だと感じながらも、晶は絞《しぼ》り出すようにその言葉をぶつけた。見つめた章文の目がわずかに揺れたのを感じ、晶も驚いた。晶の言葉に章文が動揺している。まだ章文の中に自分に対する想いが残っていたことに肝が冷えるようだった。

「ごめん…、俺…ごめん…」

思わず謝罪の言葉が口をついて出る。もしかしたら自分はこれ以上ないほど下劣な行為をしているのかもしれない。初音を救うためとはいえ、大切な友人の心を試している。

「……ふざけんな、馬鹿」

ひどく忌々《いまいま》しげに呟き、章文が乱暴に晶の手を払いのけた。

「お前、自分が何言ってんのか分かってんのか!?」

突然大声で怒鳴られ、反射的に身体がびくっと震えた。章文は険しい表情で自分を食い入るように見つめていた。身体中で怒っているのが分かる。晶はいたたまれなくなって腰を浮かしかけた。だがここで逃げ帰ったら初音がどうなるか分からない。ひどい嘘でもいい、章文の婚約を破棄させるために突き通さねばならない。

「…最低なことを言っているのは分かっている…。でも…お願いだから、婚約を破棄してほしい」

カッとした様子で章文が拳《こぶし》を握った。殴られる、と思ったがすんでのところでこらえたようで、章文は苦しげに息を吐いて立ち上がった。

「もう帰れ」

硬い声音で章文が言い放つ。章文は全身で怒りを表わし、窓際に向かった。晶に背中を向けたままで振り返ろうとしない。

「そんなくだらない話をしに来たのなら、帰ってくれ」

冷たい章文の声に心が折れそうになったが、帰るわけにはいかなかった。どうにかして章文の気持ちを変えなければならない。晶はがくがくする足で立ち上がり、章文に近づいた。今までのつき合いで章文がこんなに怒ったところを見たことがない。それだけでも恐ろしいのに、今自分は心を偽って章文を騙《だま》そうとしている。もしあとで章文がこの事実を知ったら、どんなに怒り狂うだろう。想像するだけで身震いする。

「章文、お願い。お願いだから、俺の話を聞いて」

拒絶する背中に必死になって声をかける。

「もし婚約を破棄してくれたら、何でもするから…」

章文の怒り具合が恐ろしくて自然と声が小さくなってしまう。初音のこともあって、もう頭の中はぐちゃぐちゃだ。大声を上げて泣き出してしまいたいくらい、心が乱れている。

「やめてくれ！　お前、今さら俺が好きだとか言い出すつもりか!?　だったら何故もっと早く言わなかったんだよ！」

ふいに振り向き、章文が声を荒げて睨みつけてくる。言葉の一つ一つが痛くて、まともに目を合わせられない。章文の怒りはもっともで、うなだれるしかなかった。

「ごめん…」

もともと他人の怒鳴り声は苦手なのに、親しいはずの章文から浴びせられて鼓動が速まっていた。こんな応酬したくないのに、逃げられない。

「もっと早く言ってくれれば俺は――」

苦渋に満ちた声で章文が呟き、晶はハッとして顔を上げた。一瞬目が合って、章文が何かを恐れるように目を逸《そ》らした。

「……今さら言われても困る。本当にやめてくれ、お前は俺の気持ちを弄《もてあそ》んでるだけだ。俺は彼女と結婚する。だからもう帰れ」

髪を掻き乱し、章文が再び背中を向ける。それきり何を言っても振り向いてくれなくなり、晶は焦って目をうろつかせた。どうしたらいい。いっそ土下座でもしてみるか。けれど土下座には何の意味もない。そうではなく、もっと――。

晶は唾《つば》を飲み込み、ぎこちなく足を前に出した。

「な…っ」

最後の手段だと思い、晶は章文の背中にしがみついた。章文に触れるのは恐ろしかったが、他に手立てがなかった。振りほどかれ、マンションを追い出されたら本当に終わりだ。頭の隅でそう考え、晶は強い力で章文に抱きついた。こんなふうに章文に触れたのは初めてで、がっしりした体軀《たいく》にわけもなく頬が紅潮した。

「あ、きら…」

引き攣《つ》れた声で呻《うめ》き、章文がわずかに振り向いた。間近で目が合い、吐息が重なる。すぐに振りほどくかと思ったが章文は苦しげな顔で自分を見るだけだ。

章文はまだ自分を好きだ。

それがまざまざと感じられ、死にたい気分に襲われた。大切な友人を騙そうとしている。そう思った瞬間、この嘘は絶対に突きとおさねばならないと己に誓った。

「好き…なんだ」

唇を震わせて囁《ささや》くと、章文の目が大きく揺れて腰に回した腕を握られた。告白の言葉はどこか遠い世界の言葉のようだった。章文は握った腕に力を込めたが、震えたままそれを動かさなかった。

「クソ…ッ」

晶を振りほどけないのを自覚したのか、章文が忌々しげに呻いた。

「何だよ、お前…っ。何なんだ、一体…っ、クソ…ッ、畜生…っ」

悪態をついたかと思うと、いきなり章文が身体の向きを変え、晶のうなじを摑《つか》んできた。

「んう…っ」

嚙みつくようにキスをされ、晶は動揺して硬直した。まさかキスをされるとは思ってなくて、章文の腕の中で固まってしまう。章文は荒ぶる心を鎮められないかのように、激しく晶にキスをしてきた。

「ん…っ、んう…っ、…っ、は、ぁ…っ」

息を吐く暇もなく唇を貪《むさぼ》られ、冷えていた身体が一気に熱を持った。章文とキスを交わしているのが信じられない。必死になってしがみついているが、その場にしゃがみこんでしまいそうなほど動揺していた。

「お前…っ、男は駄目だって言ってたよな…。それでも俺が好きだって言うのか？」

激しくキスを浴びせたあとに、章文がようやく唇を離して尖った声で問いかける。息を荒げていた晶は、暗い炎を揺らめかす章文の目から視線を逸らせずに、小さく頷いた。頷くしかなかった。

「じゃあ、俺のをフェラしてみろよ。そうしたら信じてやる」

まるでできないだろうと言いたげに章文が唇の端を吊《つ》り上げ、言い放った。挑発的なその険しい顔つきに、ぞくりと胸が疼《うず》いた。今まで章文のこんな顔を見たことがない。言われた言葉の過激さに慄《おのの》かなかったのは、章文のそんな色香さえ感じる顔に見惚《みと》れてしまったからだ。こんな状況で自分までどうかなってしまったのかもしれない。

よろめくように晶は膝を折り、章文を見上げた。晶の行動に章文の目が揺れる。

「す…する…から」

ごくりと息を呑み、晶は震える指で章文のベルトに手をかけた。自分でも信じられないことだが、章文の要求に応《こた》える気になっていた。ふだんの自分なら絶対にうんとは言わない行為なのに、章文に対する罪滅ぼしみたいな気持ちも相まって躊躇せずにファスナーを下ろしていた。

「……っ」

晶がぎこちない手つきでズボンを下ろす間、章文は晶が本気かどうか図りかねるというような表情で見下ろしていた。だがその顔が、下着を下ろし、剝き出しの性器に晶が唇を寄せた時、初めて大きく歪んだ。

「おい…マジでするのかよ…」

かすかに焦った声で呟く章文に構わず、晶はまだ萎《な》えている章文の性器に舌を這《は》わせた。無論男の性器を口にするのなど初めてだが、不思議と嫌悪感は湧《わ》かなかった。むしろ舐《な》め始めてすぐに章文の性器が硬くなったのを見て、興奮したほどだった。

「ん…」

勃起《ぼっき》した性器を口に銜《くわ》える。初めて同じ男の性器を口内に入れ、その存在感に圧倒されていた。口の中で息づくそれは、確かな欲望を晶に伝えてくる。硬く張り詰め大きくなっていくと、晶は一度口から引き抜き、吐息をこぼした。

「んむ…、ん…っ」

根元を支え、先端を舌で舐めまわす。同じ男として気持ちいい場所は分かっているつもりだ。熱心に舌を這わせると、章文の息が乱れてきたのが分かった。

「は…ふ…っ、ん…っ」

再び深く口内に引き込んで顔を上下した。章文の性器は口の中で重たげに反り返っている。ちらりと目を上げると、章文が顔を歪めて晶を見つめていた。わずかに蔑《さげす》むような感情を見つけ、ぞくりと腰が熱くなった。

本当に自分はおかしくなってしまったのかもしれない。こんな屈辱的な行為を強いられているのに、身体が熱くなっている。

「はぁ…、ふ…っ」

どくどくと脈打つ性器を絡めた舌と口で愛撫《あいぶ》し続けた。章文が感じているのが分かる。晶の唾液《だえき》だけではなく先走りの汁で性器が濡《ぬ》れている。

「……っ、はぁ…っ」

窓にもたれ、章文がかすれた息をこぼした。もうすぐ射精するのかもしれない。晶は熱に浮かされた状態で激しく顔を動かした。

「晶…」

上擦った声で章文が囁き、晶の髪を掴む。銜えたまま無理やり顔を上げられて、晶はぼうっとした顔を晒《さら》した。

「飲めよ」

じっと晶の目を見つめて章文が告げる。どきりとして晶は唇を震わせた。この状態で何を、というほど晶も馬鹿ではない。

「飲めたら愛と別れてやるよ」

低い囁きに晶は性器を深く口内に引き込んだ。好きでもない男の性器を口淫《こういん》し、あまつさえそれを飲めと言われているのに、何故か興奮して命令に従う気になっていた。初音を助けるためだけではない、自分の心の奥底に見たこともない怪物が存在しているのに気づいた。

「く…っ、出す、ぞ…っ」

絞り取るように晶が口を動かすと、章文が荒く息を吐き、口走った。同時に口の中に生温かい液体が流れ込んできた。粘度のある苦い液体が咽《のど》を通り、晶は目眩を感じながらも先端を吸い取った。全部飲み終えると、ようやく章文の性器から口を離す。

「ごほ…っ、げほ…っ」

飲み下せない精液が唇の端からこぼれ、晶は咳《せ》き込みながら口元を拭《ぬぐ》った。初めて飲んだ精液は決して美味いとは言いがたいが、晶を興奮させた。頭がくらくらして終わってしまったのが物足りないような気にさえさせる。

「晶…っ」

ぼうっとしていた晶に、いきなり章文が覆い被《かぶ》さってきた。床に押し倒され、章文が興奮した様子で晶のシャツをむしり取る。

「……っ、あ…き」

ボタンを外す余裕もないと言わんばかりに、章文がシャツを引っ張る。ボタンが飛び散り、シャツが引き裂かれ、晶は得体の知れない感覚が迫《せ》り上がってくることに慄いた。

これから章文に犯されるんだ。

頭の隅でそう思うと、かぁっと腰が熱くなった。自分は本当にどうにかなってしまったのかもしれない。フェラチオという屈辱的な行為や、好きでもない男に犯されるという状況に、身体が勝手に興奮していく。

「ん…っ、んう…、う…っ」

上半身を剝き出しにされ、章文がかぶりつくように口づけてくる。顎を捕らえられ口を開かされ、舌を絡めとられた。精液の味がしたのか章文は一瞬だけ口を離して顔を顰《しか》めたが、すぐに深く唇を重ねてきた。

「う…っ、…っ、は、はぁ…っ」

上唇を吸いながら、章文がズボンのベルトに手をかけてくる。もどかしげにズボンを剝《は》ぎとっていた章文は、ハッとしたようにキスをやめて身を起こした。

「何だ、お前…もうこんなにしてるのかよ」

下着の上からも分かるくらい張り詰めた下腹部を眺め、章文が揶揄《やゆ》するように告げた。勃起しているのに気づかれ、晶は赤くなって目を逸らした。晶の状態を見て少し余裕ができたのか、章文がズボンと下着をゆっくりと引き抜いた。

「すげぇ…」

シャツを引き裂かれ、下半身を剝き出しにしている晶の姿を、章文が怖いほど真剣な目で見ている。勃起している性器を見つめたまま章文が晶の両足を抱え込んだ。そのまま胸につくほど足を曲げられ、晶に「持ってろ」と命令する。

「な…何…を」

胸の鼓動が速まるのを厭《いと》いながら、晶は言われたとおり自分の両足を手で持った。章文の前に臀部《でんぶ》から性器までを晒している。それが恥ずかしくて、同時に興奮してたまらなかった。

「や…っ、あ…っ」

晶の太ももを撫でながら、章文が尻のすぼみに舌を這わせてきた。ぬるりとした感触がすぼみから袋へ、そして性器の裏筋をねっとりと舐め上げていく。章文は唾液で濡らすように下腹部を何度も舐め、時おり太ももに甘く嚙みついてきた。

「は…っ、は…っ」

敏感な場所を舌で辿られ、息が乱れていく。勃起した性器から先走りの汁が漏れると、章文がわざと音を立てながら扱《しご》いてきた。

「ひゃ…っ、あ…っ」

ぐっと指が尻のすぼみに埋め込まれ、変な声が上がってしまった。章文は中指を根元まで埋め込み、息を荒げながら抜き差しを繰り返す。

「男は無理とか言ってたくせに…、何だよ、この濡れ方は。ケツに指入れられて感じてるじゃないか…」

嘲《あざけ》るように章文に告げられ、晶は真っ赤になって顔を背けた。章文の言うとおり先走りの汁で尻の穴まで濡れていた。こんなに感じたのは初めてだった。セックスの経験はそれなりにあるが、男相手だからだろうか。それともこの異様な状況におかしくなっているだけなのか。

「お前、初めてじゃないのか？　何でもう二本も指が入るんだよ」

襞《ひだ》を掻き分け、章文が指を動かして息を乱す。わずかな痛みはあったが、指を二本受け入れたことで章文は勘繰ったらしい。

「は…じめて…」

まるで淫乱《いんらん》な身体だと言われた気がして、晶は小声で答えた。章文の険しい顔がわずかに弛み、ぐっと奥まで指を入れられる。

「じゃあお前は男が好きなんだよ、ほら…指入れられて感じてる」

指先で奥を擦られ、急速に熱が上がっていた。息が乱れ、変な声が飛び出してしまいそうになる。内部に快楽のツボがあるみたいで、章文が指でそこを擦るたびにひくひくと腰が震えた。静かな室内には晶の乱れた息と、尻を弄《いじ》る濡れた音が充満している。それが余計に恥ずかしさを増長させた。

「さすがに三本目はきついな…」

抜き差しを繰り返していた章文が、やや強引に三本目の指を入れてこようとする。奥の穴を無理に広げられ痛みが身体に走った。だがどういうわけかその痛みすら甘い痺《しび》れとなって頭の芯《しん》を焦がした。

「はぁ…っ、はぁ…っ」

自分の両足を抱え、尻を弄られている様は、とても他人には見せられないほど卑猥《ひわい》だ。その姿を章文に見られていると思うだけで腰がじんとする。生理的な涙が滲《にじ》み出て、晶は頭が朦朧《もうろう》としてきた。

(あの大きいモノで、犯されるんだ…)

そう考えるだけでたまらない気持ちになり、待ち望む気持ちが強くなった。痛くてもいいから、入れてほしくなる。

「い…入れて…もう」

気づいたらそう口走っていて、章文が指の動きを止めた。自分でも信じられなくて息を呑み、鼓動を速めた。

「晶……」

上擦った声で章文が呟き、指を引き抜いた。すぐに硬くなった熱がすぼみに押し当てられ、晶は期待と不安で息を喘《あえ》がせた。章文の性器はまた硬くなっている。それがゆっくりと弛めたすぼみに押しつけられる。

「ひ…っ、や…っ、あ、あ…っ」

まだ狭い穴をめりめりと引き裂くように、硬くて大きなモノが進入してきた。思った以上の質感に、痛みが全身を襲う。熱くて長いモノは、晶の悲鳴に煽《あお》られたように、少しずつ中へ潜り込んできた。

「ひ…っ、痛…ぁ…っ、い…っ、ひ…ぃ…っ」

痺れるような熱さが、繋《つな》がった箇所から広がっていく。カリの部分が内部を通ると、それだけで息が乱れて前後不覚になった。いつの間にか持っていた足を離して、痛みに胸を反らせていた。

「すげぇ…ずっぽり銜え込んでる…」

半分ほどまで性器を押し込むと、章文が荒く息を吐いて動きを止めた。晶の足を抱え込み、繋がったままぐっと身を屈めてきた。

「痛いのか…？　俺が好きだって言った時にちゃんと応えてくれたら、もっと優しくしてやったのに」

晶の目尻《めじり》からこぼれる涙を舌で舐めとり、章文が呟く。急に床の固さが気になってきた。章文が唇を重ねてくると、床に押しつけた部分が痛くて気が散ってしまう。

「床…痛い…」

キスの合間に呟くと、章文が気づいて晶の背中に手を差し込んできた。

「ひゃ、あ…っ‼」

腰を支えて、いきなり抱き上げられて、晶は目眩を感じて章文に抱きついた。繋がったまま対面座位の格好に変えられ、急に内部深くに性器を突き立てられる。少し治まったと思った痛みがぶり返し、晶は四肢を強張らせて章文の首筋にしがみついた。

「う…っ、う…っ」

じんじんとした痛みに襲われ、涙がこぼれる。容赦のない仕打ちに身体が震えた。

「泣くほど痛いのに、感じてるのか。お前のここ…、硬くなったままだぞ」

泣いている晶の頬に舌を這わせ、章文が互いの身体の間で揺れている性器に手を絡めた。章文の言葉どおり、痛いと思っても身体の熱は治まらなかった。きっとどこか壊れてしまったのだろう。

「や、あ…っ、う…っ」

章文の前で泣き顔を晒してしまったせいか、もう取り繕う気にもなれなくて、子どものようにたくましい身体に頬擦りをした。音を立てて章文は首筋を強く吸い、胸元に手を這わせる。

「ひ…っ、う…っ、あう…っ」

章文の指先が尖った乳首に引っかかり、弄ぶように指先でぐりぐりと引っ張られた。もう片方の手は破れたシャツの隙間《すきま》から背中を撫で回し、尻を揉《も》んでいく。

「あ…っ、嫌、だ…っ」

首筋を吸っていた唇が、胸元に下がり、乳首を舐めていく。柔らかな舌先で乳首を嬲《なぶ》られ、恥ずかしくて身をよじった。とたんに繋がった部分が熱く痺れる。

「何が嫌なんだ、乳首尖ってるじゃないか。感じるんだろ…？　女みたいにさ」

ちろちろと舌先で舐めながら、章文が熱い吐息を吹きかけてくる。女みたい、と言われたことで余計に乳首を弄られて腰が疼いてしまった。そんな場所を舐められて感じている自分に羞《しゅう》恥《ち》心を覚える。

「や…っ、や…っ」

晶が感じているのに目敏《めざと》く気づき、章文が両方の乳首を弄ってくる。淡い快楽が、何度も弄られることによって確かな快感に変わっていく。晶は頬を赤く染めて章文の愛撫《あいぶ》に耐えた。

「痛いくらいが感じるんだな…、お前がこんなにいやらしい奴だったなんて知らなかったよ」

かり、と乳首を甘く嚙んで章文が笑う。歯で嚙まれると痛みもあるのだが、それを上回るような疼きが繋がった部分から広がってきた。

「ほら、もう中でも感じてる…」

軽く腰を揺さぶられ、晶は思わず飛び出してしまいそうになる声を堪《こら》えるので必死だった。

「は…っ、はぁ…っ、あ、う…っ」

章文はそれほど腰を動かしていないのに、内部で硬くなった性器が感じる場所を刺激してきて、勝手に身体が跳ね上がってしまう。痛みを凌駕《りょうが》する快楽に、晶は怖くなった。女性とのセックスでここまで感じた経験はない。

「あ、あ…っ、んう…っ、う…っ」

性器を扱かれながら腰を揺さぶられ、晶は勝手に甘い声が漏れてしまうのを止められなくなった。男でありながら犯されるという感覚に、完全に身体がおかしくなっている。章文の性器に貫かれ、女みたいな喘ぎ声を出している。

「ひ…っ、はぁ…っ、あ…っ、あ…っ」

腰を動かし始めると章文もかなり乱れてきたのが分かった。最初は浅い律動だったのに、徐々に動きが激しくなっている。がくがくと大きく身体を揺さぶられ、晶は鼻にかかった声を上げて章文にしがみついた。

「体勢…変えるぞ」

かすれた声で章文が囁き、繋がったまま晶の身体をもう一度床に寝かせてきた。ぐったりと床に身体を預けた晶の足を持ち上げ、章文が急に大きなスライドで奥を突き上げてくる。

「ひ…っ、や…っ、あ、ああ…っ」

音を立てて章文に腰を突き上げられ、晶は仰《の》け反って甲高い声を上げた。ぐちゅぐちゅと濡れた音を響かせ、章文が内部を突き上げてくる。絶頂が近いのかその動きは激しく、晶は声が抑えられなくなって嬌声《きょうせい》を上げまくった。

「やぁ…っ、や、あ…っ、ひ…っ、や…っ」

内部を激しく擦られて、繋がった場所は火傷《やけど》しそうなほどだ。晶の意思など無視して、章文が容赦なく感じる部分を突いてくる。

「ひ、い…っ、あ、あー…っ!!」

性器も同時に扱かれ、絶頂が近づいてくるのが分かった。あられもない声を上げ続ける晶を見つめ、章文が大きく息を吐き出す。

「中に出すぞ…」

短く告げて章文が奥まで深く突き立てて、中で暴発する。どろりとした液体を内部に吐き出されたのを感じ、晶は身体を引き攣らせて絶頂に達した。

「ひあ、あ…ぁ…っ!!」

精液が胸や首筋にまで飛び散る。中で出されて、よりいっそう章文に犯されたという意識が強くなった。

自分の性癖に初めて気づかされた。

晶は大きく息を吐き出し、虚《うつ》ろな目で天井を見上げた。


章文が風呂《ふろ》の用意をしている間に、マンションを飛び出してしまった。

深夜の道をよろめきながら歩き、晶は偶然通りかかったタクシーを停めて乗り込んだ。自宅までの道を告げ、シートにぐったりと身を預ける。

行為が終わったあともあの場にいることはできなかった。自分自身に吐き気をもよおしていたというのもあったが、章文から離れ、冷静になりたかった。

晶は携帯電話を取り出し着信がないのを確かめると、眉間にしわを寄せて目を閉じた。章文と繋がった場所がずきずきと痛んで晶を苦しめていた。出がけに軽くティッシュで拭《ふ》いた時に血がついていたから、章文のモノが大きすぎて裂けてしまったのだろう。痛いのは当たり前だ。

だがそんなことよりも章文との行為で、知らなかった自分自身に気づかされ、うろたえていた。

章文とのセックスで初めてと言っていいくらい、深い快楽を覚えた。それは相手が章文だから、とか男だから、という理由ではない。

蔑まれ、嘲笑《ちょうしょう》されることに、身体が悦《よろこ》んでしまったのだ。

自分で自分が分からない。命令されたり屈辱的なことを強いられたりして、何故気持ちよくなってしまうのか。今までそんなマゾヒスティックな嗜好《しこう》を持っていたなんて思ったことはなかったのに。初音を救うために仕方なくした行為のはずが、あきらかに途中から自分は初音のことを忘れて悦んでいた。信じられない。思い出すだけで吐き気がしてくる。

「お客さん、着きましたよ」

考え込んでいるうちにタクシーは自宅のマンションの前に着いていた。慌てて金を払い、人目を避けるように自宅へ戻る。

携帯電話が鳴り出したのは、ちょうど自宅のドアに鍵を差し込んだ時だった。

自宅に駆け込んで電話に出ると、『別れると言ったか』とくぐもった声が漏れてくる。

「もしもし？」

「言うとおりにした。早く初音を返してくれ」

尖った声で返すと、低い笑い声が返ってくる。

『あんたの言うことなら聞くと思った…。本当に別れたか、明日確かめろ。また連絡する』

ぶつりと電話が切れた。苛立《いらだ》ってかけ直してみたが、もう電源を切ったようで通じない。どっと疲れが出てソファに寝転がって痛みに耐えた。

父に経過報告をしなければいけない。

しばらくしてのろのろと腕を動かし、実家に電話をかける。父は晶からの連絡を待っていたようで、すぐに電話に出た。疲れた声で章文が婚約を破棄してくれたという話をし、犯人からは初音の画像が送られてきたことも伝えた。父は初音が怪我などしていないか心配していた。多分大丈夫だと告げながら、晶はもう一度犯人から送られてきた画像を見直した。

章文の家で見た時はショックを受けて細部まで見なかったが、こうして見ると衣服のあちこちが泥だらけだった。見たところとても一般家庭の屋内とは思えない。どこか廃屋か倉庫にでも閉じ込められているのではないだろうか。

『章文君に事情を話したのか？　よく婚約を破棄してくれたな』

憔悴《しょうすい》しきった声の父も、そこには驚きを隠せないといった様子だった。まさか初音のために章文に抱かれたなどとは言えなかったので、犯人に気づかれないようにそれとなく事情を打ち明けたと嘘をついた。他に言いようがなかった。

『警察に知らせるべきだろうか…今は携帯電話があれば居場所が分かるというじゃないか』

父の言葉に晶も頭を悩ませた。正直に言えば警察に知らせてくれたほうが気分は楽だった。プロに任せてしまいたい。こういう事態に慣れているわけでもない自分が動き回るよりよほどいいに違いない。けれどもし警察に知らせて初音に何かあったら、死ぬまで後悔するのも目に見えている。

『駄目よ、駄目！　初音はまだ若い女の子なのよ、もし表沙汰《おもてざた》になって傷がついたらどうするの！』

黙り込んだ父の背後からヒステリックな母の声が聞こえてくる。母の言い分ももっともで、もし無事に返してもらっても、大事《おおごと》にされたら初音の人生に傷がつく。噂《うわさ》というのは勝手なものだから、周囲の人間はきっと初音に関してあることないこと言ってくるだろう。被害者の人権などない。

『とりあえず初音の会社には病気だと言って休みをもらう。もう少し様子を見よう』

結局様子を見るということになり、何かあったらすぐに知らせると告げて電話を切った。

ゆっくりとソファから立ち上がり、無意識のうちにキッチンへ向かい、からくり人形の横に積んであるコインを手にとる。ちゃりんと音を立ててコインを入れると、扉がゆっくりと開き、奥から着物を着たおかっぱ頭の童子がお盆を抱えて出てきた。お盆の上に置かれているのは青いセロファンでくるまれたラムネだ。指先でそれを摘み、中を開いて口に運んだ。

舌先に甘さが広がり、溶ける感覚を味わう。しばらくじっと立ち尽くし、晶はほうっと吐息をこぼして落ち着きを取り戻した。時々心が乱れると人形の手からラムネをもらった。そろそろ数が少なくなっているはずだから、箱を開けて足さないといけない。

今頃初音はどうしているだろう。無事でいてくれたらいい。

時刻は四時近くになっていた。シャワーを浴びて睡眠をとろう。

晶は思考を止めて、動き出した。

翌日目が覚めるとソファの上に横たわっていた。シャワーを浴びたあと、ソファに座ったまま動けなくなり、その場で眠ってしまったらしい。重い身体で起き上がると、章文からどうして勝手に帰ったんだ、という怒り口調のメールが入っていた。今夜また行く、とメールを返して晶はため息を吐いた。あらぬところが痛くてたまらない。初音の件もあるし、とても仕事に行く気になれず、今日は休みを取らせてもらった。

眠気覚ましのシャワーを浴びた時、あちこちに鬱血《うっけつ》した痕があるのに気づいた。章文も興奮していたのだろう。破れたシャツを改めて見て、昨夜のことを思い出してぞくりと背筋を震わせた。

浴室から出てキッチンに行くと、棚からコーンフレークを取り出し、牛乳と割って胃に流し込んだ。椅子《いす》に座っている間も身体がしんどかった。

それにしても今さらだが、章文がまだ自分を好きだとは思ってもみなかった。

あれからずっと友達のような顔で接していたくせに、あんな情熱を秘めていたとは。もし気づいていたら、きっと晶は章文から遠ざかっていただろう。昔から重い愛情は苦手だった。そんなものは初音だけで十分だ。つき合う相手も淡白な女性やさばさばした女性を選んでいたくらいだ。自分自身をどうしても好きになれなかったから、相手にも過度な愛情を抱かれたくなかった。久緒が人嫌いだと言い当てたように、一人でいるのが性に合っている。他人に気を遣うのも気を遣われるのも面倒くさい。恋人はいたが、誰ともつき合わないと勘繰る輩がいるから適当につき合っていただけだ。今までセックスも好きじゃないと思っていた。昨夜のできごとはまさに青天の霹靂《へきれき》だ。

返す返すも章文に対してひどい真似をしたのは心に重くのしかかる。もう式の日取りまで決まっていた二人の仲を引き裂いてしまったのだ。章文に対しては申し訳なくて、自分ができることなら何でもしてやりたかった。

初音を助けるために偽りで始めた関係だが、こうなってしまった以上、章文には真実を告げる気はなかった。章文が恋人という関係を望むなら、受け入れるしかない。

(でもまずは初音を無事に返してもらわねば…)

携帯電話には犯人からの連絡は来ていない。そういえば犯人は晶に、ちゃんと章文と愛が別れたか確かめろと言っていた。気は重いが今夜も章文の家に出かけ、本当に別れてくれたかどうか確かめなければならない。

念のため初音の携帯電話にかけてみたが、やはり電源が入っていないようだった。ためしにメールも何通か送ってみたが、返信はない。犯人の気が向いた時にしか繋がらない状況に苛立ちが募る。

（いつ解放してくれるのだろうか…）

章文は今日、愛に別れを告げてくれるだろうか。急《せ》かすような真似はしたくないが、初音のためにも動いてもらいたかった。

夜出かけるためにも、少し身体を休めておこう。

晶はソファに横たわり、携帯電話が鳴るのをじっと待ちわびていた。


夕方頃実家に戻ると、父も母も重苦しい顔で待っていた。リビングのカーテンが閉ざされている。気のせいではなく部屋全体の空気が重かった。このあと章文《あきふみ》の家に行くことを告げ、晶《あきら》は犯人から送られてきた画像を二人に見せた。

「初音《はつね》…っ、ああ、何てこと…っ」

母は画像を見るなりわっと泣き崩れてしまい、父は見たこともないような沈痛な表情で腕を組んでいる。晶は泣き崩れる母の背中をさすった。

「初音は昨日、会社に行ったの？」

背中を撫《な》でながら晶が尋ねると、母はこくりと頷《うなず》いてハンカチで涙を拭《ぬぐ》った。

「いつものように出て行ったのに…一体どうしてこんなことに…」

今朝母が病気で休むと連絡すると、上司からは特に何も言われなかったそうだ。だとすると、やはり会社から晶の自宅に向かう途中で拉致《らち》されたとしか思えない。

「それにしてもおかしいわよ、章文さんの結婚をやめさせるために何で初音を攫《さら》うのよ！　うちの子は関係ないじゃない！」

母もその点に関して納得がいかないらしく、声を荒げていた。

「晶…、もしかして初音と章文君には何か関係が…？」

母をなだめていた父が、腑《ふ》に落ちないといった顔で晶を見た。

「えぇ…っ!?　そうだったの？　晶」

父の言葉に母がびっくりして息を呑《の》む。言われてみれば、章文を実家に連れてきたこともあるから、そう勘繰るのも無理はなかった。晶は初音が自分にべったりだったのも知っているし、章文が初音と仲がよいとは言えないのも知っているから想像もしなかったが、はたから見ればそれはありえる話だ。

「それは俺も分からない…」

その場はそう答えて晶は黙り込んだ。そんなことはないと否定しようかと思ったが、晶も二人のすべてを知っているわけではない。特に章文に関しては、まったく分からなくなったくらいなのだ。

「そういえば…」

沈黙が訪れたあと、父が重苦しい顔で晶を見上げた。そしてテーブルの上に置いてあった白い紙にペンで何かを書き始める。

『盗聴器がいくつか見つかった』

紙に書かれた文字を見て、晶は予想していたことだが愕然《がくぜん》として父を凝視した。まさかと思ったけれど本当に仕掛けられていたのか。これでは晶のマンションも安全とは言いがたくなった。すぐに業者を呼んで調べてみなくては。

『多分もうないと思うが、念のため』

父は文字でそれを晶に伝え、ため息を吐《つ》いてペンのキャップをしめる。

「とりあえず章文は婚約を破棄してくれたんだから、初音は返してくれるはずだよ。もう少しの辛抱だから」

自分自身に言い聞かせるようにして両親に告げると、晶は久しぶりに実家で夕食を食べてから章文のマンションに向かった。大体九時頃向かうと告げておいたから、少し早いくらいだった。

犯人から連絡はまだない。

落ち着かない気分が長時間続いている。早く初音が無事に戻ってくればいい。痛む身体を引きずって晶は歩き続けた。

章文のマンションに辿《たど》り着くと、チャイムを鳴らしても留守だった。

おそらくまだ戻っていないのだろう。携帯電話にかけてみようかとも思ったが、悩んでいるうちにエレベーターからスーツ姿の章文が現れた。

「悪い、遅くなった」

晶の姿を見て、章文はかすかに疲れた顔を見せる。ぎこちない表情で晶は首を振った。

「入れよ」

章文がドアに鍵《かぎ》を差し込み、顎《あご》をしゃくって中へ促す。お邪魔します、と声をかけ、晶は中に入った。

疲れた様子の章文に婚約を破棄したかどうか聞きづらかったが、確認しないと犯人から連絡が来た時に困る。

「あの、章文…」

口を開きかけたとたん、章文の腕が伸びる。章文が迫ってくるのを感じ、思わず晶は身を引いてしまった。まだ靴を脱いで廊下を歩き始めたところだったから、自然と壁に背中がつくような状態になった。章文はその態度に顔を顰《しか》め、手で檻《おり》を作って晶に密着してきた。

「お前の言うとおり、愛《あい》に婚約破棄してほしいと言ったよ」

機嫌の悪そうな顔で章文が囁《ささや》いてくる。至近距離で章文に見つめられ、晶はどきりとして息を呑んだ。

「章文…」

「泣かれて話にならなかった。絶対認めないと言われた」

章文に苦しげに告げられ、血の気が引いた。愛の言い分はもっともだが、それでは初音が返ってこない。多分今夜遅かったのも愛との話がこじれたからだろう。己の頭の悪さがほとほと嫌になった。愛がそう言ってくることくらい当たり前なのに、章文が別れると言えばすぐに別れてくれるものだと思い込んでいた。

「しょうがないから、式場のほうにだけキャンセルするって話をしといた。向こうの親にも詫《わ》び入れなきゃならないし、お前のおかげでこっちは大変だよ」

章文の指先がすっと晶の首筋を撫《な》でる。初音のことで頭がいっぱいでそこまで頭が回らなかった自分にうんざりした。頭を下げるのは章文であって晶ではない。

「ごめ…、俺、ごめん…。キャンセル料、俺も払う…」

青ざめて声を震わせると、章文の顔がゆっくり近づき、音を立ててキスをされた。吐息が被さり、章文の鼓動の音まで聞こえる。

「いいよ、それはもう…。結局選んだのは俺なんだから」

自嘲《じちょう》気味に呟《つぶや》いて、章文がシャツの上から晶の胸に手をすべらせてきた。指先が胸の尖《とが》りに引っかかり、軽く布の上から摘《つま》まれた。

「章文…、あの…まだ俺…」

乳首をシャツの上から爪で引っかかれ、晶は息を詰めて壁に背中を押しつけた。もしかして今夜もするのだろうか。昨夜の行為の痛みが残っていると告げて、できれば回避したかった。けれど婚約を破棄させた罪悪感があって言い出せない。

「お前、何で昨日勝手に帰ったんだよ？」

じっと晶を見つめたまま、章文が胸元を弄《いじ》り続ける。

「それ、は…、恥ずかしくなって…」

しつこく乳首を弄られ、シャツの上からもつんと尖ってしまっているのが分かるくらいになった。章文が怖いほどに晶の表情を観察しているのが分かって、逃げ出すことができない。章文はあきらかに官能を引きずり出すために晶の乳首を弄り続けている。

「……っ、ん…っ」

シャツの上から乳首をぎゅっと摘まれ、甘い息がこぼれてしまった。

「ふぅん…。でも知らなかったよ、お前にMっ気があったなんて」

かすかに馬鹿にするような言い方をされ、サッと頬《ほお》に朱が走った。ばれてなければいいと思ったが、章文に知られていた。

「昨日は腹が立ったから、乱暴に抱いたんだ。でもお前、痛くても感じてたな。男のペニス尻《しり》に突っ込まれて感じる変態だったってわけだ」

耳元で囁くように告げられ、かぁっと全身に熱が走った。

ひどい悪言を吐《つ》かれたというのに、今の一言で身体が熱くなってしまった。

「……やっぱり」

面白そうに笑い出して章文が下腹部を握ってくる。ハッとして晶は身体を竦《すく》めて耳まで赤くなった。勃起《ほっき》したのを章文に気づかれた。

「こういう言葉言われて、勃《た》つんだ…？　お前とのつき合い、完全に間違ってたな。お前プライド高そうな顔してるから、俺はずっと馬鹿にされるのは嫌いなんだと思い込んでいたよ。まったく逆じゃないか」

シャツの上からぐりぐりと乳首を摘まれ、「あ…っ」と甘い声が漏れてしまう。

「プライド高い顔なんか…し、してない…」

章文の指の動きを避けるように身をよじりながら、晶は低い声で呟いた。

「してるだろ。お前と初めて会った時、彫像みたいに綺麗《きれい》だと思ったもんだよ。人づき合いの好きじゃないお前と親しくなっても、お前はまるで血の通わない石膏《せっこう》像みたいだった。こんな顔、絶対に見られないと思ってたのに。……舌、出せよ」

有無を言わさぬ言い方で章文に言われ、晶はぞくりとして背筋を震わせた。

章文の言葉遣いが、以前とまったく変わってしまった。こんな言い方で晶に命じたことなんて今までになかった。互いの関係性がまるで変わったことに、怯《おび》えと未知の感覚に対する期待が湧《わ》いてくる。

「ん…っ、ん…」

舌を出すと章文が顔を寄せ、音を立てて吸ってくる。敏感な舌先をくすぐられ、腰が熱くなってきた。何度も舐《な》められ、吸われ、しだいに頭がぼうっとしてくる。足の間に章文が身体を入れ、股間《こかん》を足で擦り上げてくると、下着の中でどんどん張り詰めていくのが分かった。

「ひどい目に遭わされたんだ。晶、責任はとれよ」

冷たい目で見つめられているというのに、ぞくりと背筋に快感が走る。またあの感覚がやってきた。章文に命令口調で話され、冷たい目で見られると何故《なぜ》か全身が安堵《あんど》感で包まれる。どうしてだか分からない。章文の言うとおり、これじゃ本当に変態だ。晶は息を乱して目を伏せた。来いよ、と促され、吸い寄せられるように章文の背中を追った。

リビングに入ると章文は上着を脱ぎ捨て、ソファの背もたれにかけた。

「脱げよ」

ネクタイを弛《ゆる》めながらソファにどかりと腰を下ろし、章文が命じる。晶はびくりと身を竦ませ、しばらく視線を泳がせたあとにシャツに手をかけた。

章文がじっと見つめる中、ぎこちない手つきでシャツを脱ぎ捨てる。ズボンに手をかける間も章文はソファに腰を下ろしたまま動かない。一人だけ全裸になるのが恥ずかしくて下着姿で躊躇《ちゅうちょ》すると、「早くしろ」と声がかかる。

仕方なく晶は章文の前で一糸まとわぬ姿になった。もう勃ち上がっている下腹部を章文に晒《さら》すのは嫌だったが、章文の命令に逆らえなくてうつむきながら立っていた。

「四つん這《ば》いになって、尻を向けろ」

嬲《なぶ》るような視線を向けて章文が告げる。指示された内容に顔が熱くなった。おずおずと膝《ひざ》をつき、章文に言われたとおり四つん這いになって尻を向ける。

「自分で穴を広げて見せろよ」

なおも言われた言葉に、火照《ほて》りが治まらなくなった。どくどくと鼓動が速まる。羞恥心《しゅうちしん》を掻《か》き立てられれば掻き立てられるほど身体が熱を帯びる。真っ赤になった顔を伏せながら、指で臀部《でんぶ》を辿《たど》った。尻の穴に指を入れるのなんて初めてで、どうしていいか分からない。おずおずと浅い部分に指を入れ広げて見せると、すっと章文が立ち上がった。

「両手で広げろ」

晶の臀部に顔を近づけて章文が言う。なおも赤くなり、晶はラグマットに肩を押しつけ、両方の指を尻の穴に伸ばした。自分の恥ずかしい部分を章文が見つめていると思うと、身体の奥がじんじんと疼《うず》いた。もう乳首は痛いくらい尖っていて、息も乱れていく。

「見られて興奮しているのか？　もう垂《た》らしてる」

侮蔑《ぶべつ》するように章文が笑い、足の間から手を伸ばし性器を指で弾《はじ》く。まだ何もされていないうちから先走りの汁がこぼれていることに恥ずかしさのあまり涙が滲《にじ》んできた。こんなの自分じゃないと思う傍《かたわ》ら、もっと嬲ってほしいと願う自分もいる。

「傷になってるな、腫《は》れてるし…。今日は俺のは無理だな」

唾液《だえき》で濡らした指を差し込まれ、晶はかすれた声を放った。章文は指で中を探るようにしただけで、すぐに抜いてしまった。物足りなくてがっかりする。そんな晶の心情に気づいたのか章文が笑って太ももを撫で上げる。

「こっちに来いよ」

腕を引かれ、裸のまま寝室へ連れて行かれた。室内の電気をつけて章文がベッドへ晶を誘導する。

「少し待ってろ」

ベッドに晶を座らせたまま章文が姿を消す。勃起している状態で待っているのは恥ずかしかったが、すぐに章文は戻ってきた。手にビニールテープを持っているのを見て、晶は動揺して膝を丸めた。そんなもの一体何に使う気なのか。

「腕を出せよ」

ぎしりと音を立てて章文がベッドに乗り上げてくる。怖くて身を竦めていると、強引に腕を引っ張られ、ビニールテープを巻かれた。

「な、何、するの…？」

右手首と右足首をビニールテープで巻かれ、晶は怯えて章文を見つめた。章文は笑って手と足を固定すると、もう片方の手と足も縛り始める。

「こ、こんなの嫌…だ…」

両手両足を固定されて、泣きそうになってしまった。章文は残酷に笑い、手を離す。

「痛くないだろう？　きつく縛ってない」

平然と告げて章文は晶の頬を撫でる。身体の自由を奪われ、勃起した性器を隠すこともできなくなった。そして章文は、今度はビニールテープを勃起した性器の根元に巻きつけてきた。

「や…っ、嫌、だ…っ、章文…っ、それ…っ」

ぐるぐると性器にビニールテープを巻かれ、怯えて目に涙が溜《たま》った。止めたくても手足の自由を奪われているから、どうすることもできない。章文は晶が射精できないように縛り上げると、舐めるような目つきで見つめてきた。

「すげぇ格好だな、晶…。あの晶がこんな格好するなんて、誰も想像してないぜ、きっと」

興奮した声で呟き、章文がシーツの上に晶を寝転がせてきた。もうどんな抵抗もできなくて、物のように転がるしかない。章文はベッドサイドの小さな引き出しからボトルを取り出し、蓋《ふた》を開けて晶の臀部に冷たい液体を垂らしてきた。

「ひゃ…っ、あ…っ!!」

ぬるりとした液体を伴って、章文の指が尻の奥に埋め込まれる。液体のせいか簡単に指が根元まで入ってきて、腰がひくついた。

「指だけなら平気だろう?」

上半身に手を這わせながら、章文が奥の感じる場所を擦り上げてくる。熱を帯びていた身体は、その刺激で今にも達しそうになった。性器を縛られているので射精まで至れないのが、ひどくつらい。

「は…っ、あ…っ、や、だ…っ、これ解いて…っ」

乳首を弄りながら内部を指で擦られ、乱れた息が上がった。手足を拘束され、びくびくと身を震わせることしかできない。章文の指は確実に晶の感じる場所を押し上げ、まるで追い立てるように抜き差しを繰り返す。

「あ…っ、あ…っ、ひ、ん…っ」

濡れた音を響かせ、章文が尻を弄り続ける。性器を扱《しご》いて射精したくてたまらなかった。だが章文はわざと性器には触れずにその周囲を撫で回すだけだ。

「本当にお前、男の経験なかったのか?　すっかりケツで感じてるじゃないか」

揶揄《やゆ》するように章文が内部に入れた指で前立腺を突く。内壁を指で押されるたびに「あっ、あっ」と甘い声を上げ、晶はシーツに頬を押しつけた。

「経験なんてない…、章文が初めて…、ひ…っ、やぁ…っ」

指が増えて、内部を広げられる。二本の指が抜き差しを繰り返し、晶は気持ちよさに生理的な涙をこぼした。先走りの汁が草むらや腹を汚している。イきたくてたまらなかった。縛られた性器は張り詰めてしとどに濡れている。

「やぁ…っ、あ、あ…っ、やぁ…っ」

身体の自由が利かないことが余計に快楽を深めていた。だんだん頭の芯が痺《しび》れてきて、イくことしか考えられなくなる。内部を探る指の動きは、痛みなどまるでなくて気持ちいいだけだ。章文が触れてくる部分はどこも感じて涙が出てくる。自分が女みたいに甲高い声を上げているのに気づき、不思議な解放感に包まれた。

いつもの自分ではない、別の生き物に生まれ変わったような気分だ。何も考えずにただ快楽だけを追う、それが心地いい。

「ケツ弄られるの、気持ちいいんだろう…？　口に出して言ってみろよ…」

指の腹で感じる場所を擦りながら章文が囁く。晶はとろんとした目つきで涙を滲ませ、震える唇を開いた。

「お尻…っ、気持ちいい…っ、あぅ…っ、ひ…っ、ん…っ」

かすれた声で告げると章文が唇の端を吊《つ》り上げ、ご褒美《ほうび》とばかりにぐりぐりと内壁を押してきた。それが気持ちよすぎて、腰が跳ね上がってしまう。

「感じまくってるな、見ろよ。お前の中に入れた指、ふやけちまった…」

ずるりと指を引き抜き、章文が濡れた指を晶の口元に押しつける。無理やり口内に指を突っ込まれ、ふやけた指を舐めさせられた。章文は指で歯列を辿り、舌先を引っ張り、晶の唇の端から唾液を垂らすほどに蹂躙《じゅうりん》してきた。きっと自分は今みっともない顔をしている。そう考えるほどに身体が熱くなり、イきたくて身悶《みもだ》えた。

「お願い…イかせて…、お願い…っ」

耐えきれず泣きながら懇願すると、章文が笑ってファスナーを下ろし、勃起した性器を口に押しつけてきた。

「俺のを口でイかせられたら、解いてやるよ」

横たわる晶の口の中に章文が大きくなった性器を押し込んでくる。熱く息づいたモノに必死で舌を絡め、晶は口を動かした。章文のモノはとっくに反り返り、濡れていた。懸命に舐めてイかせようとするが、縛られた状態ではうまくできなかった。すると章文が晶の後頭部を摑《つか》み、乱暴に性器を動かしてくる。

「う…っ、んむ…っ、うぐ…っ」

ずぼずぼと口を犯され、口内で性器が大きくなっていく。まるで道具にでもなったみたいで、理性では嫌なことだと思っているのに、身体は興奮した。道具扱いされるのを身体が悦《よろこ》んでいる。章文に冷たい目で見下ろされ、快感を覚えている。

「出すぞ…」

しばらく好き勝手に晶の口を犯していた章文が、上擦った声で呟く。硬い大きなモノが口から引き抜かれ、喘ぐように呼吸した矢先、頬に精液を叩《たた》きつけられた。

「う…っ、ぐ…っ、はぁ…っ」

どろりとした液体を顔にかけられ、晶はそれが終わるまで目を閉じて身を震わせていた。もう出すものがなくなったと知り目を開けると、精液が頬を滑っていった。

「はぁ…っ、はぁ…っ、すげぇな…、お前の今の格好…」

興奮した声で口走り、章文がベッドサイドに置かれた携帯電話を取り出す。ぼうっとしていた晶は章文が携帯電話で晶の姿を撮り始めたことにうろたえた。

「や…、め…っ」

口を開くと、精液がこぼれ落ちてきて口の中に痺れる味が広がった。章文はもどかしげに晶の性器を縛っていたビニールテープを解き、再び写真を撮り始めた。

こんな恥ずかしい姿を写真に撮られている。

フラッシュが焚《た》かれ、そう理解したとたん、抑えきれない愉悦《ゆえつ》が身体に広がった。

「ひ、あ、あぁ…っ」

かぁっと腰が熱くなり、気づいたら勢いよく前から精液を噴き出していた。章文が笑いながら射精した晶の姿を撮り続ける。

「やぁ…っ、や…だ…っ」

射精するのを止めたくても、どろどろと先端から白濁した液がこぼれてくる。こんな姿をと思えば思うほど、長い間せき止められていた分、長く精液が出てきた。

「撮られて、興奮したか? お前の顔、涙でぐしゃぐしゃで可愛かった……」

濡れた頬に手を滑らせ、章文が囁く。泣きながら章文の手に頬を擦りつけ、晶はまだ絶頂の余韻に震えていた。


揺さぶられて目覚めると、出勤前といった様子の章文が覗《のぞ》き込んでいた。室内はもう明るい。朝だと気づき、眠い目を擦った。昨夜の記憶はおぼろげで、いつ眠ってしまったのか覚えていなかった。身体は清められているので、おそらく章文が拭《ふ》いてくれたのだろう。

手足の拘束はなかったが、縛られた痕《あと》がうっすらと残っていた。昨夜の行為を嫌でも思い出させる。

「晶、今日は休みだろ。俺はもう出るから、これ」

寝起きでぼうっとした顔をしている晶の手の中に銀色の鍵が落ちてくる。章文の家の鍵だろう。

「スペアだからお前にやるよ」

何気ない調子で言われ、一瞬意味が分からずきょとんとした顔をしてしまった。章文が苦笑し、顔を近づけてくる。ベッドに肘《ひじ》をついて、章文が唇を重ねてきた。自然と目を閉じて唇を吸い返す。髪を掻き乱し、貪《むさぼ》るようにキスされた。しばらく名残惜《なごり》しげにキスを続けた章文だが、時間がなくなったのだろう。最後に軽く晶の頰を撫でて部屋を出て行った。

一人きりになって十分ほどまどろんでいた。今日は金曜日で、晶は休みの日だ。からくり人形館の定休日が金曜なので、土日は仕事がある。

(鍵……)

ふと手渡された鍵を見つめ、目が覚めてきた。章文から合鍵をもらってしまった。だるい身体を起こし、晶は乱れた髪を手で梳《す》いた。もらっておいてなんだが、あまり嬉《うれ》しくはなかった。晶はお返しに章文に鍵を渡すことはできない。気楽に渡せる章文が信じられないくらいだ。

(参ったな…)

ベッドから離れ、勝手にシャワーを使わせてもらった。ある程度の汚れは拭いてくれたらしいが、身体のあちこちから昨夜の情交の痕跡《こんせき》が残っていて憂鬱《ゆううつ》になった。ぬるい飛沫《ひまつ》を頭から被り、しばらく目を閉じる。

章文にまで自分の性癖がばれた。まだ自分でも認められずにいるのに、すっかり晶の扱い方を心得てしまった章文に、昨夜は何度もイかされてしまった。これまで淡白なほうだと思っていたのに、自分がこんなにセックスに溺《おぼ》れる人間だなんて知らなかった。

「はぁ…」

浴室を出てタオル姿でリビングに行き、昨夜脱いだ衣服を身にまとった。衣服はすべてソファの上に畳んであった。濡れた髪を乾かしながら携帯電話を見て、少し驚いた。電源が入っていない。犯人からの電話がいつあるか分からないので、電源は入れっぱなしにしておいたはずだ。おそるおそる携帯電話を開くと、何件か父からの留守電が入っていた。

『晶か!?　初音が戻ってきたぞ！』

折り返し父に電話をかけると、すぐに繋《つな》がって嬉しい知らせが届いた。大きな安堵感に包まれ、晶は力が抜けて床にしゃがみこんでしまった。

「無事なんだね？　よかった、今どこに？」

『衰弱していたから今病院にいる。どこにも怪我《けが》はないよ。早くお前も来なさい』

すぐに行く、と答えて携帯電話を切り、初音が無事でよかったと心底喜んだ。一時はどうなることかと思ったけれど、初音が無事に戻ってきてくれたのなら何も言うことはない。晶は慌てて仕度をして章文の家をあとにした。

もらった鍵の重さだけが、心に残った。

教えてもらった病院に駆けつけると、病室には父と母が見守る中、初音がベッドに寝かされていた。初音の顔色はよいとは言いがたいが、どこにも大きな怪我はなさそうで安心した。聞けば保護された安心感からか初音は意識を失ってしまい、心配した父母が病院に運んだらしい。医師からは疲労しているだけと言われ、先ほどまで点滴を打っていたそうだ。

「初音はどこにいたって?」

初音を起こさないように部屋の隅で父と母に聞くと、母が涙ぐんで顔を伏せる。

「今朝初音から電話があって、解放されたけどここがどこだか分からないから迎えにきてほしいって…。すぐにお父さんと車で初音を捜しに行ったのよ」

「初音は近県の山の中に置き去りにされていた。目印のあるところまで歩いてもらって車で助けに行ったんだ。警察は嫌だと初音が言うから…」

父と母の話を聞き、犯人が要求を達成したのを確認して、初音を山中に置き去りにしていったことが分かった。初音は特に衣服に乱れはなかったが、二人と会ってすぐに気を失ってしまったようだ。どうやらろくに食事も与えてもらっていなかったらしい。

「でも無事で嬉しい…本当によかったわ…」

母は笑顔になってハンカチで涙を拭《ぬぐ》っている。今までの気苦労が一掃されて、晶も喜びを分かち合った。

その時、初音の唸《うな》り声が聞こえてきた。

「初音…っ」

初音がくぐもった声を上げながら目を開けたのに気づき、晶は急いでベッドに駆け寄った。父と母もすぐさま初音を囲む。

「初音、もう大丈夫だよ」

やつれた顔で目を開けた初音に、安心させるように優しく声をかける。初音は晶の顔を見るなり両目から大粒の涙をこぼした。

「お兄ちゃん、あたし変な写真撮られた…」

——初音の一言で、室内の空気がぴしりと凍りつく。

今までの穏やかな空気が一転して硬くなり、母に至っては真っ青になって今にも倒れてしまいそうだ。晶は息を呑み、なるべくふだんどおりの声を出せるようにと気遣いながら、屈み込んだ。

「初音…、写真、ってどんな？　写真以外は他に何かされたの？」

晶の言葉に答えず、初音が泣きながら両腕を伸ばしてくる。その身体を抱きしめ、なだめながら晶は質問を続けた。

「初音…、嫌なこと聞いてごめん。でもね、もし何かされたなら医者に見せなきゃいけない。

あとからじゃ遅いんだ。だから教えて。ここには俺たちしかいないから。ね…？　他に何かされた？」

痛いほどに抱きついてくる初音を懸命に落ち着かせ、質問を繰り返した。仮にレイプでもされていたら、すぐに医者に見せなければならない。間違って妊娠ということになったら大変だし、そうでなくても病気をもらっている可能性だってある。

「写真撮られただけ…」

なかなか泣きやんでくれない初音に辛抱強く聞き続けると、小声でそう答えてくれた。最悪の事態を予想していた母は、緊張が弛んだのか父にもたれかかってしまった。

「本当に？　でも一応、産婦人科の先生に診てもらおう。いいね？」

初音の言葉を疑うわけではないが、恥ずかしくて言えなかったという可能性もある。念のためにと促すと、初音は素直に頷いてくれた。

「写真って、どんな…？　たくさん撮られたの？」

続けて初音に聞くと、初音が涙を拭いて鼻をすすった。

「あとから警察に行かないように、って十枚くらい撮られたの…。そうしないと帰してくれないって…、でも何もされてないからね！　変なことしたら舌噛《か》んで死んでやるって言ったの。すごいキモイ男だった…」

涙に濡れた顔で晶を見つめて初音が答える。警察に行ったらその写真をばらまくという脅しなのだろう。

「初音、そいつ見たことがない奴なんだね？」

確認のために聞いておく。初音は泣いて少し落ち着いたのか、表情に怒りさえ滲ませてきた。

「あんな奴知らない、もう思い出したくもない…」

ぎゅっと晶に抱きついて初音がかすれた声で呟く。その背中をなだめるようにさすり、晶は父母の顔を振り返った。二人とも途方に暮れた顔をしている。晶も何も言えずに初音を抱きしめるしかできなかった。


初音がくっついて離れなかったので、検査を終えたあと、晶も実家へ戻ることになった。検査の結果、初音の身体に異常はないと言われたので、写真を撮られた以外は本当に何もなかったのだろう。けれど初音に対し、父も母もすっかり腫れ物を扱うような態度になってしまった。初音が思い出したくない、と言ったのは確かなのだが、犯人について何も聞かないのはまずい。初音が落ち着いたらくわしく聞き出さなければならない。

「お兄ちゃん、怖いから一緒に寝て」

夜には自宅のマンションに戻ろうとしたが、初音が嫌がって帰してくれなかった。子どもみたいにずっと晶にくっついている初音を見て、父と母も晶がいたほうがいいと判断したのだろう。しきりにしばらく実家に戻ってきなさいと勧めてくる。

「うん…じゃあ、まぁしばらくは…」

拒否するのも冷たい気がして晶は口ごもりながら頷いた。こういう事態だから仕方ないと思ったものの、初音と同じベッドで寝るのは少し抵抗があった。もともと晶は誰かと同じベッドで寝るのが好きではない。恋人がいた頃も、よく「泊まりは嫌いなの？」と不満げに言われたほどだ。誰かがすぐ傍《そば》にいると、神経が休まらない。そういえば不思議なことに章文とだけは同じベッドで眠っても平気だった。多分高校生の頃、寮で同室だったせいだろう。それに抱き合ってくたくたになっているからだ。

初音と同じベッドに横たわっても、一向に眠りは訪れなかった。こうなったら初音が寝たあとに自分の部屋に戻って寝るしかない。家を出たあとも晶の部屋は以前のままなのでベッドも置かれている。

「お兄ちゃん…、これ何？」

早く初音が寝てくれないだろうかと考えていた矢先、晶の手を摑んで初音が尖った声を上げた。初音が見ているのは晶の手首にうっすらと残った縛られた痕だった。怖いから電気を消さないでと言われ、枕元《まくらもと》に小さな明かりがついていたのを失念していた。

「明石《あかし》さんに何かされたの？」

ぎらぎらした目で初音に詰問され、ひやりと背筋が寒くなった。

「いや、これはちょっとゴムを手首に巻いてて、痕が残っただけだから…」

とっさにそんな言い訳をしてしまったが、初音は無言で晶を見つめるだけだ。初音の強張《こわば》った態度に脈拍が速まった。

「何でここで章文の名前が出るの?」

疑問に感じて反対に晶が尋ねると、初音の視線がやっと逸れてくれる。

「あの男が言ってたから…。お前の兄貴の言うことなら明石は何でも聞くって…。愛は俺のものだ、渡さないって言ってた。愛ってきっと明石さんの婚約者なんでしょ。お兄ちゃんが頼んだら明石さん、結婚やめちゃったんだよね」

初音が思った以上に事態を理解していることに寒気がした。章文との行為もいずれ初音にばれるかもしれない。初音のために抱かれた、といえば聞こえはいいが、事実は少し違う。最初は初音のためだったが、己の嗜好《しこう》に気づいたあとはただ快楽に溺れていた。

「お兄ちゃん…、あたしこんなことがあったらもう結婚なんて無理だよね。傷物だもん」

晶に身をすり寄せて初音が呟く。

「あたしお兄ちゃんが好き。お兄ちゃんだけいればいいの、だからずっと一緒にいて」

腕にからみつく温かな身体に戸惑い、晶は「そんなことないよ」と初音の頭を軽く撫でた。

「傷物なんて言うなよ、傷なんかついてないよ。俺はずっと初音のお兄ちゃんだけど、一生傍にいることはできないんだから…」

「嫌！」

急にヒステリックな声になり、初音がきつく腕にしがみつく。

「お兄ちゃんはあたしのものなんだ、誰にもやらない」

呻くように呟き、初音が髪を掻き上げ、こめかみに残る傷を見せつけた。

「これ、お兄ちゃんが自分のものだって証《あかし》をつけてくれたんでしょ？　初音はお兄ちゃんのものだよ、だから初音だけ見て」

視線で射抜かれそうなくらい強く見つめられ、晶はぞくりとした。初音がこめかみに残る傷について口にしたのは子どもの頃以来だった。小さな時に残してしまった傷に関して晶はずっと申し訳ない気持ちを抱いていた。けれどまさか初音がそんな想いを抱いていたとは思わなかった。狂気的とすら感じる初音の執着に驚愕《きょうがく》し、晶は言葉を失い見つめ返した。妹が何か恐ろしい怪物に見える。腕を解くことも、なだめることもできなかった。

目に見えない呪縛《じゅばく》を感じ、晶はまんじりともせず夜を過ごした。


静かな館内を子どもたちが走り抜ける。

「他のお客さんの迷惑になるから静かにしてね」

かけっこをしていた子どもたちを捕まえてやんわりと注意する。はぁいと首を竦めて答え、子どもたちは歩き始めた。

日曜のからくり人形館には親子連れの姿がちらほら見えた。客層は意外に男性が多い。からくり人形を好きな男性はロボットも好きな人が多く、見た目の可愛さよりもその構造に興味を示す。出口付近に置かれたからくり人形の製造過程というコーナーでは、熱心にガラスケースを覗く男性が数人いた。さ来週の日曜には親子で作るからくり人形という企画があり、参加者は順調に集まっている。市販のキットを使って行うので製造元の出版社に声をかけてみたところ、意外にも写真を撮らせてほしいと頼まれ、一人講師代わりに社員も来てくれることになった。まとまった数を発注したせいかもしれないが、一人で十人以上の子どもの指導をやれる自信がなかったので助かった。

「これ、親子じゃなくても参加できるの?」

館内を歩いていると壁に貼《は》られたポスターを見て久緒《ひさお》が話しかけてきた。日曜に会ったのは初めてだ。人の多いところは苦手な人間かと思っていた。

「こんにちは、久緒さん。個人参加も受けつけてますよ。参加されますか?」

子どもに交じって久緒がからくり人形を組み立てている図を想像して、つい笑みがこぼれてしまった。久緒は渋い顔でこっそりと耳打ちしてくる。

「これ、某出版社の奴だろ？　実を言うと一人じゃできあがらなかったんだ。内野《うちの》さんが教えてくれるならできるかもと思って」

「私でよければ指導しますよ。でも久緒さんって器用そうな顔してるのに…」

久緒が組み立てられなかったのは意外だ。晶も試しに作ってみたがけっこう簡単に作れるので、これなら一般人も楽しかろうと思ったくらいなのに。

「俺はものすごい不器用な男なんだ。おまけに気が短くてね。途中で頭がこんがらがって破壊してしまったくらいだよ。やぁでもこれで構造が分かるから助かるな」

「じゃあ名前を書いてもらうので、こちらに来てもらってもいいですか」

久緒をともなって受付の近くのテーブルに戻り、書類を差し出した。三階の空いている部屋を使うので定員は二十名と考えていたが、少しオーバーしそうだ。テーブルの上で名前や住所を書き出す久緒を見つめ、晶は驚いて目を丸くした。

久緒の住所が章文の家と近かった。今までよく顔を突き合わせなかったと思うくらい近所だ。急に落ち着かない気分になった。

「はい、これでいい？　それじゃ日曜日楽しみにしてるから」

書類を手渡して久緒が軽く手を上げ去っていく。その後ろ姿を眺め、晶はもう一度書類に目を通し、事務室に戻った。書類をファイルし、鍵のかかる引き出しにしまう。昨今は個人情報に関して厳しく、こういった書類にも気を遣わねばならない。

ポケットの中で携帯電話がぶるぶると振動した。事務室には誰もいなかったのでそっと開いてチェックすると、章文からメールで明日の約束を取りつけられる。初音の精神状態が安定していないのでしばらくは実家に戻らねばならない。仕事が忙しいとメールを送り、携帯電話の電源を落とした。

自宅に戻ることを考えると気が重くなってくる。晶は携帯電話をポケットにしまい込んで、ため息を吐いた。

初音が無事に戻ってきて一週間が過ぎたが、初音の様子は悪くなる一方だった。すっかり外に出るのを嫌がるようになり、自分の部屋に引きこもってしまっている。会社もずっと休みっぱなしで、心配した上司が尋ねてきたほどだ。このまま特別な理由もなく休みが続けばクビになっても仕方ない。父も母も毎日のようにせめて部屋から出てきてくれと頼んでいるが、初音の態度は頑《かたく》なで、晶が仕事先から戻ってこないと食事もしてくれないのは非常に困っている。

拉致された心の傷はやはり深いのかもしれない。けれどこのまま一生部屋に閉じこもっているわけにはいかない。

実家に戻り初音の精神状態を安定するためにこの一週間ほど傍についていたが、そろそろ自分のマンションへ戻りたかった。初音は可哀想だと思うが、病的な執着心を見せ始めた初音が心の重荷になっていた。

夕食の時にさりげなく明日からは自分のマンションに戻ると告げると、それまでほとんど口を開かなかった初音が急にテーブルを叩いてヒステリックに叫び始めた。

「嫌!! お兄ちゃんが帰ってこないなら、あたし何も食べないからね!」

想像以上に激しい拒否感を示す初音に、晶も父母も驚愕した。晶が一人暮らしをしたいと言い出した時も、こんなふうに初音は駄々をこねて反対した。あの時の重苦しい気持ちがまた戻ってくるのかと思うと、憂鬱《ゆううつ》になる。だがいつまでも初音につき合っていることはできない。残酷だと思うが、そろそろ立ち直って社会復帰してもらわねば、これから先困るのは初音自身だ。

「初音、お前がつらかったのは分かるけど、いつまでも引きこもっててもしょうがないだろう。会社だってこのままじゃ欠勤になる。会社を辞めることになったらどうするんだ」

初音の向かいに座っていた晶は、思いきって厳しい言葉をぶつけた。母も晶の言葉に頷いて初音の肩を撫でる。

「そうよ、初音。心配ならお母さんが会社の行き帰り一緒についていってあげるから。もうそろそろ外に出ないと駄目になっちゃうわよ、きっと」

「会社なんて辞めたっていいわ。どうせたいした仕事なんてしてないもん。あたしがいなくたって困ることなんか一つもないでしょ」

母からぷいと顔を背けて初音が晶を睨《にら》みつける。初音は保険会社のオペレーターをしている。確かに大手企業なのでオペレーターは大勢いるだろうが、だからといって責任感のない発言をするのはどうかと思う。現に父はその発言で眉を顰めている。

「初音、会社を辞めてどうするつもりだ。ずっと部屋に閉じこもって何をするでもなく…。そんなことだから傷が癒《い》えないんだ。だったら今からでもいい、警察に行きなさい！　ちゃんと犯人を捕まえてもらえばいいだろう！」

今まで黙っていた父が珍しく声を荒げて初音に意見している。晶の言うことしか聞かなくなってしまった初音に業を煮やしたらしい。父の険しい顔つきに初音の顔が大きく歪《ゆが》み、握った拳《こぶし》が震えた。

「嫌よ！　行ったら写真ばらまかれるもん…、何よ、お父さんの馬鹿！　お父さんはあたしの写真がばらまかれてもいいって言うの⁉」

「だったらどうするって言うんだ！　そんなふうに閉じこもってたら犯人の思うつぼだろうが！」

「知らないわよ、そんなこと‼」

ヒステリックに怒鳴り合っていたかと思うと、初音がわっとテーブルに泣き伏してしまった。子どものように泣き出す初音にさすがに父も黙り込み、渋い顔で腕を組んでいる。

「あたし…お兄ちゃんと暮らす…‼」

ため息を吐きかけたところへ、ぎょっとするような言葉を浴びせられた。初音が涙を拭きながら断固とした言い方で宣言した。

「お兄ちゃんと一緒に暮らしたい…、いいでしょう？　お父さんはあたしが邪魔なんだから、お兄ちゃんと二人で暮らすわ」

「初音……」

初音の提案に母の顔がわずかに揺れた。内心もてあまし気味の初音を晶に預けたいと思っているのが手にとるように分かる。

このままでは初音を押しつけられそうで、焦って口ごもってしまった。すぐに了解しない晶に、初音がすごい顔で睨みつけてくる。さすがに本気で押しかけられては困ると思って晶は黙り込んだ。そもそも一人になりたくて一人暮らしを始めたのに、初音が押しかけてくるなら何の意味もない。正直に言えば即座にノーだ。言わなかったのは初音を傷つける言葉だと分かっていたからで、内心上手《うま》い断りの口実を探していた。

「それは…ちょっと…」

「責任もてないし、それに…」

初音が穴があきそうなほど強い視線で睨みつけてくる。見かねた父が咳払《せきばら》いしてお茶を一気に飲み干した。

「晶のところに行ったら初音はちゃんと会社に行くのか。そうでなきゃ今と変わりないだろう」

詰問するように父が低い声で呟く。

「お兄ちゃんのためにご飯作ったり掃除したりするもん。お母さんと同じでしょ、そうしたら」

平然とした声で答える初音に、父と母の顔がげんなりとする。一番呆《あき》れたのは晶だ。そんなもの一度も求めたことはない。

「初音、もういい加減にお兄ちゃん離れしなさい。あんたたちは兄妹なんだから」

「そんなのどうだっていいよ！　あたしはお兄ちゃんじゃなきゃ駄目なの！　お兄ちゃんとあたしを引き裂かないでよ!!」

興奮した声で初音がテーブルを叩きながら叫ぶ。これ以上話にならず、夜もふけたこともあってその場はお開きとなった。結局何も解決せず、初音はまた部屋に引きこもってしまった。

頭が痛かった。こんなふうになるなら、最初から警察に連絡しておけばよかったと思ったくらいだ。初音はもともとわがままなところがある子だったが、事件のあとそれがいっそうひどくなった。もう父の言うことも母の言うことにも耳をかさなくなっている。それに以前より思い詰めている様子なのが気になった。始終苛立《いらだ》っているのが分かるし、自分の言い分が通らないとすぐキレる。

「初音には困ったわね…本当にどうすればいいのかしら」

　初音が二階の自室に消えたあと、三人で顔を見合わせてため息を吐いた。事件以来すっかり笑いの消えた家族になってしまった。仕方のないこととはいえ、事件の落とした重みは大きい。

「晶は結婚の予定はないのか。お前が独り身だから初音もわがままを言いたくなるんじゃないか？」

　父に聞かれ、晶は苦笑して目を逸らした。結婚の予定がないどころか、今の自分はとんでもない状況に陥っている。すると向かいにいた母が慌てて父の腕を突き、小声で何か囁く。

「ああ、そうか、そうだったな…。咲江《さきえ》さんか…」

　父の呟いた言葉になつかしさを覚えた。咲江というのは多分一番長くつき合った女性だ。長いといっても二年ほどで、実家にも何度か連れてきたことがある。結婚を考えていたわけではないのだが、初音の激しい妨害にあって別れてしまった女性だ。初音に邪魔されるのを恐れて家に連れてこなくなったと父も母もすっかり誤解している。面倒なのでそう思わせておいた。

「とにかくもう少し様子を見ましょう」

　初音に関しては様子見以外の結論が出なかった。晶は二階に上る気になれず、しばらくその場に留まってぼんやりとテレビを眺めていた。

館内の戸締りをしてまわる途中で、事務員の小木《おぎ》が「お先に失礼します」と声をかけて帰って行った。シャッターを下ろし、電気を消していく。警備の人間に挨拶《あいさつ》を交わし、晶も帰り仕度をしてからくり人形館を出た。

敷地の出入り口の傍に車が横づけされていた。見覚えのある車種にどきりとして立ち止まると、車の傍に立って煙草《たばこ》を吸っていたスーツ姿の章文が振り返り、晶の顔を見つけてじろりと視線を向けてきた。

ここのところずっと章文からの誘いを断っていたから、業を煮やしてここまで来たらしい。メールでの返事もマメとは言いがたく、章文が不機嫌なのが手にとるように分かる。

「乗れよ」

顎《あご》をしゃくって章文が煙草を足で踏み潰《つぶ》す。休日明けに掃除をしなければならないと頭の隅で考え、晶は章文の車に乗り込んだ。ドアが閉まり、章文がシートベルトを締めながらちらりと晶を見やる。

「俺といる時はメガネ、外せ」

章文の言葉に自分がメガネをかけていたのを思い出した。仕事帰りだったのでかけたままになっていた。章文は晶が目立ちたくないという理由でメガネをかけているのを知っている。素直にメガネを外し、バッグにしまった。

「――お前、本当に俺のこと好きなのか？」

切り込むように章文に問われ、どきりとしてうつむいた。

「まるで避けてるみたいに誘いを断るし、一向にそっちからやってこないし…」

章文の不満げな声にまったくそのとおりだと晶も反省した。初音が四六時中傍にいたことも
あって、ろくに電話にも出られなかった。これじゃ疑われても仕方ない。晶は言い訳を探し、
ため息を吐いた。あまり言いたくはなかったが、初音の話をするしかなかった。

「ごめん…。初音が引きこもりになっちゃって、今ごたごたしてたんだよ…」

晶がうなだれて告白すると、驚いた顔で章文がこちらを見た。

「引きこもり…？」

「う、うん。ちょっといろいろあって…。そのせいで連絡ができなかった。ごめん…、避けて
たわけじゃないんだ」

章文の怒りが和らいだのを感じ、晶は顔を上げて謝った。

「そうだったのか…」

突っ込まれたら困るな、と思ったが、章文は「ふぅん…」と呟いただけで何も聞かなかった。

「飯、まだだよな」

誤解が解けたらしく章文の表情が柔らかくなる。

「まだだけど…」

「じゃあ、先に飯食いに行こうか」

車をゆっくり発進させながら章文が呟く。

「今夜は泊まっていけるのか?」

「う…ん、泊まりか…」

初音のことが頭に引っかかり、すぐに返答できなかった。あいかわらず初音は晶が帰らないと食事もとってくれない。このまま章文の家に行くと、どうなってしまうのか不安だった。章文に対しても申し訳ないと思っているから拒否したくないが、初音のほうも心配だ。

「ちょっと電話してもいいかな」

悩んだあげくに実家に電話をかけ、今夜は帰らないと母に告げてみた。母は困ると言葉を濁していたが、最後には分かったと頷いてくれた。

「実家に戻っているのか?」

助手席で電話をかけていた晶の会話が聞こえたのだろう。章文がびっくりして問う。

「うん、まぁ…俺が帰らないと初音がご飯を食べてくれないんだ…」

「ただのわがままじゃないのか?　今でもどうせ、お前にべったりなんだろ。何で引きこもりになったか知らんが、放っておけばいいだろ」

章文はにべもなく言い放つが、当事者としてはそういうわけにもいかない。曖昧《あいまい》な顔をして晶は黙り込んだ。

車は三十分ほど都内の込み入った道を走り、やがて代官山《だいかんやま》にある黒い建物の駐車場に停まった。章文の友達が経営している洋風居酒屋らしい。外装が凝っていたので、ネクタイを締めてなくても平気かと尋ねると問題ないと言われた。

「ちょっと待て」

シートベルトを外して車から降りようとした晶を、章文が止める。屈み込んできた章文にどきりとして身を竦めると、じっと晶の目を見つめて章文が「下、脱げ」と囁いてくる。

「え…っ、で、も…こんなところで」

脱げと言われても、こんな駐車場で簡単に脱げるはずがない。まさかここで何かしようというのだろうか。晶は焦りを覚えて駐車場を見渡した。駐車スペースに車は半分ほど停まっていて、次の客がいつ来るかも分からない。車の中とはいえ覗き込めば何をしているかすぐに分かってしまう明るさだ。晶は戸惑って章文を見つめ返した。

「いいから脱げよ」

有無を言わさぬ声で告げられ、晶は逆らえなくて目を伏せた。仕方なくベルトに手をかけ、ズボンを膝の辺りまで下ろす。こうしている間にも誰が来るか分からなくて鼓動が速まった。言いなりになった晶を見据え、章文がバッグから何かを取り出してくる。

「下着も下ろせよ。早くしないと誰か来るぞ」

からかうように言われ、赤くなって下着も膝の辺りまで下ろした。章文がにやりと笑い、小さな卵形の異物を晶の顔に近づけた。

「これ…」

「舐めろよ」

強引に口の中にその異物を突っ込まれ、真っ赤になりながら舌を這わせた。ローターだとすぐに分かり、脈拍が速まる。章文の指ごとそれを舌で舐めると、満足げに指が抜かれた。章文が屈み込んで晶の尻にローターを押しつけてくる。

「腰、上げろ」

「あ…章文…、待って…」

「早くしないと、ひどいぞ」

冷たい声で命じられ、晶は震えながら腰を浮かした。とたんに章文がつぷりと尻の穴にローターを押し込んできた。異物感に晶は息を呑み、章文の背中にしがみついた。指でローターを奥まで潜り込ませると、章文が下着とズボンを上げてくる。

「痛くないだろ？」

ベルトをきちんと締めて聞かれ、晶は頬を赤くして章文を見つめ返した。ローターなど入れられたのは無論初めてで、奥に違和感を覚えた。痛いというほど大きなものではないが、こんなものを入れて食事になんか行きたくない。

「ほら、出ろよ」

意地悪い顔で車から出ることを促され、慌てて章文の腕にしがみついた。

「こ…これ…本気？　こんなの入れたまま食事なんて…無理」

常識では考えられないような真似《まね》をする章文に怯えが走る。やっぱり怒っているのかもしれないと思い、すがるような目つきで見た。

「小さいから平気だろ。早く出ろよ、言うこときかないとスイッチ入れるぞ」

薄く微笑《ほほえ》んで章文が晶の手を離す。スイッチを入れると言われ、どきりとして身を硬くした。中で動かれたらどんなことになってしまうのだろう。得体の知れない高揚感に包まれ、晶は急いで車から出た。考えてはいけないと思うのに、淫靡な想像が頭を駆け巡《めぐ》り、顔が熱くなった。

「安心しろよ、個室予約してあるから」

車から降りて章文が肩を軽く抱いて囁く。吐息が耳に被さり身を竦めて章文から離れた。歩いている途中も異物が気になってぎこちない動きになってしまう。

重い扉を開けて中に入ると、店内はそれほど明るくなくてホッとした。章文が名前を告げると、カウンターの傍に立っていた黒服の女性が奥へと案内してくれる。迷路のようにテーブルごとに黒い仕切りがある店で、人気があるのか店内は賑《にぎ》わっていた。照明は低い位置に設置され、けだるい音楽が流れている。

通された個室は床が石畳になっている変わった部屋だった。ゆったりとした広さのある部屋の壁は一面水槽になっていて、大きな魚が泳いでいるのが見えた。水槽のせいだろうか、部屋全体が青い。

「適当に頼んでいいか？」

　飲み物を頼んだあとに章文がメニューを広げて店員にあれこれと注文し始めた。これといって食べたいものがない晶は、こういう場ではいつも章文にまかせきりになってしまう。昔から食以外でも何かを欲する気持ちが欠如しているとよく言われてきた。適当に選んでくれる章文といるのは楽だった。

　席に座り飲み物を咽《のど》に流し、晶は小さく吐息をこぼした。歩いていた時は中に入れた異物が気になっていたが、座ってじっとしていればそれほど気にならなくなっていた。こんな場で我を見失うような真似は避けたい。

「おーす、久しぶり」

　最初の料理が運ばれてきた時、入ってきた黒服の男が気楽に声をかけてきてびっくりした。見覚えのある顔に二重に驚く。高校二年生の時に同級生だった清水《しみず》だ。章文と仲のよかったひょろりと背の高い男で、今は顎ヒゲを生やして人なつこい笑みを浮かべている。

「内野、変わってねぇなー。あいかわらず別世界の人間みたいだ」

　懐かしそうな顔で晶を見つめ、清水が照れくさそうに笑った。

「清水…の店、だったのか」

　皿をテーブルに並べる清水から章文に視線を移し、確認するように尋ねる。章文が笑って頬《ほお》杖《づえ》をつき、清水に視線を送った。

「そう。親の力とはいえこの年で店を任されるのはすごいだろ？　清水が晶に会いたがってたから、そのうち連れてこようと思ってたんだ」

「だって気になるじゃん。あの内野がどんなふうになってるか。高校の時も綺麗だったけど、今も崩れてねーな。マジすげーわ」

章文と清水が笑いながら晶を見つめる。何と返答すればいいか困り、曖昧な笑みを返した。

「俺よりも清水のほうが――」

すごいよ、と言いかけて、ぎくりとして晶は身を硬くした。

内部でいきなりローターが動き始めたのだ。思わず章文を振り返り、かぁっと顔を赤くして晶はうつむいた。章文は平然とした顔でポケットから手を抜き、清水に笑いかけている。ローターの音は水槽の音にまぎれて気づかれないだろうが、旧友の前でしかけてきた章文に呆然《ぼうぜん》とした。

「どうした？　内野、顔赤いけど」

話の途中でうつむいてしまった晶を覗き込むように清水が問いかけてくる。

「う、ううん。ちょっと酔っただけ…」

赤くなった頬を隠すようにして言い訳する。話している最中も奥でローターが蠢《うごめ》き、息が乱れた。感じる場所を刺激され、身体が熱くなってくる。清水と平然と話せる自信がない。

「じゃあまたあとで顔出すから。ゆっくりしてけよ」

　幸いにも晶の様子を不審に思うこともなく、清水は明るい声で手を上げ、部屋を出て行った。二人きりになり、つい咎《とが》めるように章文を見てしまう。

「章文…っ、たちが悪い…」

　章文がローターを止めてくれないので、未だに身体の奥で振動が続いている。下腹部が盛り上がってしまっているのに気づき、入ってくる店員から見えないように前屈みになった。注文した料理を次から次へと店員が運んできて、愛想よくテーブルに並べていく。いつばれてしまうかと気が気じゃなくて晶はろくに顔も上げられなかった。

「好きだろ、こういうの」

　料理がすべて運ばれると、面白そうに笑って章文がテーブルの上に置かれた晶の手を撫でる。

「す…好きじゃない…」

　章文から顔を逸らし必死に平気なふりをしてみせたが、もう下着の中で完全に勃起してしまっているのが分かる。章文の手がシャツの袖《そで》の隙間《すきま》から潜ってきて手首を撫でた。そんなささいな動きにすらびくっと震え、晶は紅潮した顔を章文に向けた。

「うそつけ。もう目がとろんとしてる。感じてるんだろ？」

　目の中に情欲の翳《かげ》りを覗かせ、章文が手を引っ張ってきた。章文が指先にねっとりと舌を這わせてくる。引っ込めようとしたが強く手首を掴まれ、動けなくなった。

「あ…章文…、見られる…」

個室とはいえいつ店員が入ってくるか分からない。こんな場所で危険な行為に及ぶ章文が信じられなかった。

「平気だろ」

薄く笑って章文が軽く指先を噛んでくる。それがずくりと腰に響き、つい声が出そうになった。章文はわざといやらしく晶の指を舐め回し、音を立ててキスをする。

「あーあ、お前すげぇやらしい顔してるな…。そんな顔してたら清水にばれるかもしれないぜ。知ってた？　清水って高校の時、お前のこと好きだったんだぜ。お前くらい綺麗なら、男でもいけるってこっそり打ち明けてくれた」

「何を言って…」

清水は章文と晶がつき合っているふりをしているだけだと知っていた。めったに話しかけてこないからそれほど自分に興味がないのだと感じ、つき合いやすい相手だった。

「そんなことより止めて…。もういいだろ、これじゃおかしくなる…」

懇願するように告げると、章文が唇の端を吊り上げて笑った。

「放置された仕返しだ。ほら、冷めるから早く食べろよ。飯、美味《うま》いぜ。ここ」

晶の手を解放して章文が箸《はし》を割る。章文は本気で止める気がない。熱を逃がすために大きく息を吐き出し、晶は恐れと不安を抱いて両手で顔を覆った。

ローターの音が耳の奥で鳴り響いていた。

目を潤ませ、晶は息を乱して自分の指先を噛んだ。かれこれ四十分近くローターを入れっぱなしにされ、頭がぼうっとしてきた。絶頂に達するほどの刺激ではないことが余計に晶を苦しめている。もう下着の中はびしょ濡れで、腰から下が重くなっている。浅く息を乱し、章文を見上げると意地の悪い笑みが戻ってきた。

「イきたいの?」

先ほど限界を感じてトイレに逃げようとした晶を、章文は「今行ったらもっとひどいことをする」と言って止めた。おかげでずっと勃起した状態のまま放置されていた。

「イきたい…もう許して…」

小声で呟いて熱い息をこぼす。下腹部を扱《しご》きたくてたまらなかった。テーブルの下で何度手を伸ばしかけたか分からない。そのたびに目敏《めざと》く章文に見つけられ、テーブルの上に手を引っ張られた。イくこともできず、弱い刺激が延々と続き、呼吸は乱れっぱなしだ。食事もほとんど咽を通らない。

「濡れた声、出して」

くっと笑って章文が靴を脱ぎ、爪先で晶の足を割り、股間を撫でてきた。びくんと身体を震わせると、笑ってぐりぐりと足で昂《たか》ぶった下腹部を弄られる。

「や…ぁ…っ」

こんな屈辱的な行為をされているのに、気持ちよくてたまらなかった。テーブルに突っ伏し、甘ったるい声をこぼしてしまう。もっと足で苛《いじ》めてほしかった。

「あ…っ、あ…っ」

必死に声を抑えようとするが、章文の足で下腹部を刺激され頭の芯が痺《しび》れた。中で動いているローターがいいところに当たっている。

「こんな店でエロい声出すなよ、清水が来たらどうするんだ?」

身を乗り出して章文が頬を撫でてくる。章文の言うとおりなのにイきたくて我慢ができなくなっていた。

「や…っ、も…っ、もっと強く…して」

ぼうっとした顔で耐えきれず懇願すると、章文が足で下腹部を強く押し上げてくる。そんな刺激に一気に腰が熱くなり、気づいたらびくびくっと震え、達してしまった。

「はぁ…っ、はぁ…っ」

やっとイけた解放感で激しく息を吐き出す。たまらなかった。全身が甘い余韻に包まれ、ぐったりとテーブルに突っ伏してしまう。下着の中がどろどろになっているのが分かった。顔を近づけたらきっと匂うはずだ。射精の熱が冷めると、今度は急激な羞恥心に襲われ真っ赤になった。こんな場所で達してしまうなんて、信じられない。

「晶、顔上げろ」

冷酷な声で促され、晶はひくりと肩を震わせて顔を上げた。必死に乱れた息を鎮め、唇をぎゅっと結んで章文を見つめた。章文は興奮した顔でテーブルに置かれた晶の手首を握った。

「すっげぇエロい顔して…。足でイかされた感想はどうだ？」

手のひらを広げられ、汗ばんでいるのも気づかれてしまった。晶は目を潤ませ「もう帰りたい…」と小声で呟いた。あいかわらず章文はローターのスイッチを切ってくれないから、このままではまた変になりそうだった。

「せっかく清水の店に来たのに、ほとんど手をつけてないじゃないか。不味《まず》かったのかと勘違いされるだろ。ほら口開けろ」

章文が手近の肉料理を箸で摘み、口元へ持ってくる。不思議な感覚を覚え、晶は素直に口を開いた。食べ物の味など分からなくなっているが、命令されることに身体が悦《よろこ》んでいる。章文との関係が変わってから、以前はなかった感情に支配されるようになった。

章文の言うとおりに動くのが楽で仕方ない。何も考えずに言われたままにする。それが居心地がよくてたまらなかった。

ふいに足音がして、晶はハッとして手を引っ込めた。

「失礼します」

ドアが開き、清水が追加の酒を持って現れた。これは車で来たから酒が飲めない章文におみやげと言って高級ワインをテーブルに置く。つられるように清水を見上げると、何故かどきりとした顔で清水が目を逸らした。

「内野、酒弱かったのか？　顔、赤いぞ…」

戸惑ったような声に晶も恥ずかしくなり、視線を逸らしてぎこちなく頷いた。

「う、うん…。ちょっと酔った…」

赤くなっている理由を言えるはずもないので、晶はなるべく自然に見えるようにと願いながら店の料理が美味いと褒《ほ》めた。

「少しくらい話していけないのか？　晶に会うの久しぶりだろ」

清水が去りかけて安堵したとたん、章文が面白そうな声で清水を引き止める。焦って章文を睨みつけたが、章文はまったく意に介した様子もなく清水に笑いかけている。

「そ、そうだな…。じゃ、ちょっとだけ」

照れた笑みを浮かべ、清水が章文の隣に腰を下ろす。内心鼓動を速めながら、晶は清水に視線を送った。ローターのことを知られてはいけないと思えば思うほど、中で動いている異物が気になってくる。もしばれたら。そう考えるだけで下半身に熱がたまった。

「章文からたまに聞いてるけど、内野は人形の館《やかた》に勤めてるんだって？」

興味深げに清水が晶を見つめ、話しかけてくる。横で章文が笑い出し、煙草を取り出して火をつけた。

「何だよ、お前。人形の館って。からくり人形館だって言っただろ」

「あ、そ、そうだっけ？　俺てっきりアンティークドールとかそういうのかと思った。内野がそんなとこに勤めてるならぴったりだと思ったのに」

清水と目を見交わし合っているのがつらくなり、バッグから名刺を取り出して清水に差し出した。

「清水は工学部だったよね？　だったら好きなんじゃないかな…今パンフレット持ってないけど、この住所だから」

高校生の時に清水が工学部だったことを思い出し、名刺を渡して笑みを浮かべた。確か大学もそっち方面に進んだはずだ。指先が震えているのを気づかれないように、すぐに手を引っ込める。

「え、覚えててくれたんだ。うわ、意外…」

ぽかんとした顔をして、清水が大事そうに名刺を受け取ってくれた。

「内野は俺なんか眼中にないと思ってたよ」

「そんなことないよ。どうして？」

清水の言葉が意外でぱっと顔を上げてしまう。ばちりと視線が合って、清水がまた目を逸らしてしまった。清水の頬がうっすらと赤くなっている。もしかして自分がこんな状態なのがばれたのではないかとひやっとした。

「へぇー、そんじゃ行ってみようかな」

にこにこして清水は名刺を眺めて、遊びに行くと約束した。それから他愛もない高校時代の話になり、清水は楽しげに章文と盛り上がり部屋を出て行った。申し訳ないけれど清水が部屋を出て行ってくれてホッとしてしまった。一度イったはずなのに、また下腹部が硬くなっている。清水が覗き込めばすぐに気づかれてしまっただろう。章文と二人きりになり、安堵のあまり全身から力が抜けてしまったくらいだ。

「そろそろ出るか」

三十分ほどして章文がようやく腰を上げてくれた。やっと解放されると思い、肩から力が抜ける。

「立てるか?」

ニヤニヤ笑って言われ、赤くなってよろけるように立ち上がった。足がガクガクしているだけではなく、こんな状態では勃起しているのが分かってしまう。晶は上着を脱ぎ、下腹部を隠すようにして腕に持った。店を出ようとすると、清水が顔を出して見送ってくれる。何も知らないその笑顔にいたたまれなくなり、酔ったふりをして章文の肩で顔を隠した。

章文に会計を任せ、先に車に戻った。もうこれ以上平気な顔はできない。

「はぁ…はぁ…」

助手席に座り、浅く息を乱してシートにもたれる。運転席に座った章文がエンジンをかけ、舐めるように晶を見た。

「気持ちよかったか？」

軽く耳朶《じだ》を撫でられ、真っ赤になって頷く。つらかったのと同じくらい刺激的な行為だった。こうして車に戻った今も、店での自分を思い出しぞくぞくとする。素直に頷く晶を見つめ、ふっと章文が意地悪く笑った。

車がゆっくりと動き出し、晶は吐息をこぼして早く章文の家に行きたいと願っていた。ずっと中を刺激され続け、身体が疼《うず》いてたまらなかった。長い間奥にローターを埋め込まれ、今はその刺激に物足りなさを感じている。章文の大きなモノで揺さぶられたかった。章文は意地悪をしてまだスイッチを切ってくれない。きっと下着はびしょびしょに濡れている。

三十分くらい走り続けた車が、見覚えのない道を走り出していた。徐々に暗く交通量の少ない道へ入り込み、いぶかしく思った辺りで車が路地裏に停まった。近くに林があるのか人気も少ない道だ。どうしたのかと思って章文を見ると、シートベルトを外して晶のほうに屈み込んできた。

顔が近づいてきて反射的に目を閉じると、深く唇が重なってくる。人気がないとはいえこんな場所でキスをされ、どきどきと胸が昂ぶった。しばらく晶の唇を食《は》み、章文が興奮した顔で離れる。

「乳首、こんな尖らせて…」

薄いシャツの上から章文が指先で乳首を弾く。

「あ…っ、あ…っ」

爪で引っかかれ、ひくひくと身体が震えた。触ってもいなかったのに、感じすぎたせいか章文の言葉どおり乳首がシャツの上からも分かるくらい硬くしこっていた。

「や…っ、あ…っ、あ…っ」

面白そうに章文に乳首をぎゅっと摘まれ、甘ったるい声がこぼれ出た。章文は笑って晶の頰を一度撫でると、ファスナーを下ろして自身の勃起した性器を取り出した。章文も興奮していたのが分かり、つい食い入るように章文の猛《たけ》った性器を見つめてしまう。

「舐めろ」

低い声で命じられ、シートベルトを外し、誘われるように章文の下腹部に顔を近づけた。硬くなった性器に舌を這わせ、章文の下腹部に顔を埋めた。

「ん…っ、んむ…っ、ふ、はぁ…っ」

ぴちゃぴちゃと音を立て、章文の大きなモノを舌で舐め回す。口での愛撫《あいぶ》は回を重ねるごとに気持ちよくなっていた。どくどくと息づくその赤黒い性器に愛《いと》おしささえ感じる。深く口に飲み込み、ゆっくりと顔を上下すると、章文が興奮した息を吐いた。それに勢いづいて何度も顔を動かす。

「んく…っ、ん…っ」

顔を離し、手で扱きながら先端に舌を這わせた。小さな穴に舌を絡めると、章文がご褒美というように晶の髪を撫でてくる。

「ずいぶん美味そうに舐めるな…」

ほうっと息を吐いて章文がポケットに手を入れる。ふいに奥で蠢いていたローターの動きが強くなった。びくんと顔を上げ、快楽に顔を歪める。

「あ…っ、はぁ…ぁ…っ」

前立腺をローターで掻き回され、感じすぎて涙がこぼれた。章文の猛った性器に舌を這わせ、甘い声を上げる。

「清水の高校の時の部活まで、よく覚えてたな…」

髪に手を突っ込みながら章文が呟く。その声にどこか咎めるような響きを感じ、晶は章文のモノを銜えながらちらりと視線を向けた。

「あいつお前の色っぽい顔見て、ドキドキしてたみたいだぜ。教えてやればよかったか？　晶が今、ケツの中に何を入れてるか…」

布越しに尻を揉まれ、思わず章文の性器を口から吐き出してしまった。

「もうズボンも湿ってきてるじゃないか…。ほら、中ぐちゃぐちゃになってる…」

股間を強く揉んで、硬くなった晶の性器をぎゅっと握る。抑えきれずに甲高い声を上げて、晶は乱れた息をこぼした。

「あ、あ…っ、はぁ…っ、章文…っ、…っ」

かすれた声で章文の名前を呼ぶと、口の中に猛った性器を押し込まれた。

「帰ったらたっぷり可愛がってやるよ…、ほら早く俺をイかせないといつまでたっても帰れないからな」

背中を撫でて章文が潜めた声で告げる。章文の性器に舌を絡ませ、晶は息を喘がせた。オスの匂いが車の中に充満している。考えるのを放棄して晶はひたすら口を動かした。


物音で目は覚めたが眠くて、また目を閉じてしまった。室内は明るい光に包まれている。章文のベッドに横たわったまま晶は眠りを貪っていた。昨夜章文のマンションに戻り、声が嗄《か》れるまで喘がされ続けた。何度章文が中で果てたか思い出せない。獣のように絡み合い、かつてないほどの絶頂を味わった。章文はベッドの上で晶を言葉で辱め、口や手で晶が淫乱《いんらん》な身体だと蔑《さげす》んだ。そのたびに自分に絡まっていた重い鎖が解けるような気持ちになり、感じてしょうがなかった。

縛られた時の恍惚感《こうこつ》を思い出して、昨夜も縛ってくれとねだった。目隠しをされ、手足を縛られると、信じられない感情が芽生える。

拘束され、安心してしまった。

自分でもよく分からないのだが、何も考えず章文に命じられたことをやっていると、安堵感に包まれる。章文が高校の時からの友達だった事実を忘れ、主人と下僕のような関係に思えてならなかった。今の晶は章文のモノを舐めるのも好きだ。足を舐めろと言われたら、すぐに跪《ひざまず》くだろう。

まどろみの中、章文が近づいてきた気配があった。

「晶、起きてるか?」

軽く髪を撫でられ声をかけられたが、晶は眠くて声を返さなかった。ふっと気配が近づき、章文が額にかかった髪を掻き上げる。優しいキスが降ってきた。章文は何度も小動物でも撫でるように晶の髪を撫で、キスを落としていく。起こさないようにと気遣ってなのか、ただ触れるだけのキス。章文の吐息が被さる。優しく手首を撫でられ、手首にもキスが落ちる。

しばらくして章文は仕事に出かけていった。ドアが閉まる音が聞こえ、晶は静かに目を開けた。

優しいキス。今のキスで章文が晶に対し深い愛情を抱いているのが伝わってしまった。それを嬉《うれ》しく思うべきなのに、申し訳ないという思いしか出てこない。

(俺は……病気なのかな)

ごろりとうつぶせになり、晶はシーツに顔を埋めた。章文は本当は優しい男だ。あんなふうに自分を苛めるのは、きっと晶がそうしないと感じないのを知っているからだろう。どうして自分は嗜虐的《しぎゃく》な行為にしか悦びを見い出せないのか。もっとも優しい愛情に心が動くような人間だったら、かつて章文に告白された時にその想いに応《こた》えていただろう。

(家に帰りたくないな…)

薄く目を開けて窓を見てため息を吐いた。実家に戻りたくない。初音の問題や父母の期待する眼差しから目を背けたかった。小さな頃からいつもそうだ。どこか遠くへ消えてしまいたくなる。誰も知らない場所へ行き、いろいろなしがらみをすべて捨ててしまいたい。

いつも逃げたいと思ってばかりいた。実際に行動に移したのは高校生の時だけだ。数人の男子学生から言い寄られ、断っても想いを寄せてくるので毎日気が重くなっていた。家にいるのが嫌で田舎《いなか》の全寮制の学校を選んだというのに、そこからもまた逃げたくなっていた。夜中に思い詰めて寮から脱走しようとした時に同室の章文が現れて晶を止めてくれたのだ。

それまでよく話はしていたが、多分この夜をきっかけに親しくなったと思う。そんなに嫌なら代わりに断ってやるよ、と言われ、そんなの悪いと口では言いつつ、心は傾いていた。

親しくなってよく行動を共にするようになり、章文の友人とも話すようになった。夏の暑い日、学校で友人たちと騒ぎながら追いかけっこをしたことがあって、気が乗らないまま晶は章文に手を引っ張られ科学室に逃げ込んだ。章文は強引に晶と一緒に掃除用具が入っていたロッカーに飛び込み、晶に声を潜めて「ここで隠れてよう」と囁いた。

暑くて互いの汗の匂いを狭いロッカーで嗅《か》ぐ羽目になった。身体を密着させると、章文のガタイがいいのを改めて知った。見つからないように黙って息を潜めながら、晶は流れる汗に気持ち悪さを感じていた。

ふっと章文の心音が速くなっているのが、触れた身体越しに分かった。

あの時、晶は章文が見つかるのを恐れてドキドキしているのだと思った。だから追いかけてきた鬼役の友人に見つかったあとで、無邪気にも尋ねてしまった。

「章文、ドキドキしてたね」

いつも余裕たっぷりの章文が、見つかるのを怖がるなんておかしいと思ってしまったのだ。晶の何気ない言葉に、章文は振り返ってサッと顔を朱に染めた。そのまま何も言わず駆け出してしまって、晶は面食らった。

今思えばあの時、章文は自分を好いていたから鼓動を速めていたのだ。まったく気づきもしなかった愚かな自分。章文の一途《いちず》な気持ちを考えることもせず、告白された時も、反対にどうして今のままではいけないのかと腹立たしい気持ちになっていた。

章文は幼い頃に母親を亡くし、父親が海外で働いているため寮のある高校を選んだという。自分とはまるで違う自信に満ちあふれた性格や優しいところは嫌いではなかった。章文というと気は楽で、安らげた。だからこそ本当の恋人になりたいと言われた時は、告白してきた章文に苛立ちさえ覚えた。ずっとこういうつき合いがしたいと思っていたから、それを壊すような発言に思えたのだ。

昔から好かれると気分が悪くなって、相手の存在が重荷になってしまう。

やはり自分は何か感情が欠如しているのかもしれない。

「はぁ…」

サイドボードに置かれた携帯電話を開いてため息を吐いた。電源を切っておいてよかった。何度も初音からかかってきている。母に電話をかけると、案の定初音は晶が帰ってこなくてハンストを起こしているという。

実家に帰らなければならない。頭の隅でそう考えつつ、身体はなかなか動かなかった。

日曜は初夏の爽《さわ》やかな陽気だった。定時より早めに仕事場へ向かい、職員と簡単なミーティングをして講師を迎え入れた。講師を務めてくれるのはからくり人形キットを開発したスタッフの一人で、富士田《ふじた》という三十代の顎《あご》ヒゲのある気さくな男性だった。

「今日はよろしくお願いします」

ほとんどボランティアのようなバイト料で来てくれた富士田に頭を下げると、人なつこい笑みを浮かべて富士田が両手を振り回した。

「いやいや、今日は俺も楽しみにしてきたんで。作ってくれるところ見るの初めてだし」

開発者としては実際に子どもたちが作ってくれるこういう機会はありがたいのだという。富士田の楽しげな様子を感じ、今日はうまくいきそうだと気持ちに余裕ができた。

開館時間の少し前辺りから参加者の親子が集まり出し、時間を早めて客を迎え入れた。三階にある特別室に長テーブルを並べ、来た順番に席を決めていく。結局十五組の参加者があり、人数は三十五人に膨れ上がった。男の子を持つ家族がほとんどで、ついでについてきたといった女の子がいるくらいだ。事前にドライバーや接着剤などは持参するようにと告げたが、危惧《きぐ》したとおり忘れてきた家族が何組かいた。幸いにも用意しておいた予備でこと足りた。

「ちょっと遅れちゃったかな」

開始の時間より遅れて久緒《ひさお》が現れ、一番手前の空いた席に腰かけた。どたん場でキャンセルするのかと不安に思ったところだったので安堵《あんど》した。キットを発注してしまった以上、キャンセルが出れば買取りになってしまう。

「もう始まってますよ」

特別室はわいわいと賑やかな様相を呈している。講師の説明どおりに一緒にやろうと思っていたのだが、富士田がそれよりも各自好きにやらせたほうがいいと言うので、最初に簡単に説明をしたあとそれぞれに任せて進める手はずになっていた。講師が喋《しゃべ》ると、説明書を読む気持ちが薄れてしまうそうだ。富士田がテーブルの間をぐるぐると回り、分からないところがあったら聞く、というやり方にしたため、子どもたちは奇声を発しながらキットと格闘している。はたから見ていると、黙々とやり続ける子や、隣にいる父親にしきりに質問する子、大騒ぎしながらやる子とさまざまだった。けれど一貫して言えるのは親子でよく喋って作っている。その姿を見ただけでも開いてよかったかな、と思えた。

「もうぜんぜん分からないよ」

晶《あきら》も子どもたちの間をまわり指導していたのだが、今この場で一番できが悪いのは間違いなく久緒だった。ネジを回す手つきも怪しいし、何よりもしょっちゅう間違えた部品をくっつけようとしている。

「久緒さん、そこはこっちの小さなネジですよ」

久緒の隣は空いていたので、そこに腰かけて間違いを正した。無理やり小さな穴に大きなネジをはめようとしていた久緒が目を丸くする。

「あ、そうなの?」

「どう考えてもそんな小さなところに、これが入るはずないでしょ。ほら、全部見てくださいよ。ネジ小って書いてあるんだから、まだ大きなほうは使わないで」

小学生の子どもよりも説明書を読むのが下手な久緒に懇々と説明する。

「言ってるそばから違う部品つけない！　久緒さん、何で絵と違う部品つけようとするんですか。小学生の子だって分かるのに」

呆《あき》れ返って久緒から部品を奪い取り、正しい部品を手渡す。最初は丁寧に教えていたが、あまりに間違いが多すぎてだんだん言葉遣いが乱暴になってしまった。それでも久緒は気分を害した様子もなく楽しげにドライバーを使っている。

一時間経過した頃に出版社のほうからカメラマンがやってきて、何枚か写真を撮りたいと申し出てきた。雑誌のコラムに載せるかもしれないと話すと、その間だけ久緒はトイレに逃げてしまった。やはり大人一人が参加しているところを撮られるのは恥ずかしいのかもしれない。

作り始めて三時間くらいが過ぎると、呑《の》み込みの早い子はもう作品を完成させていた。富士田の教えは分かりやすく、子どもたちは熱心に組み立てている。一番遅れていたのが久緒だったが、最後のほうはつきっきりで晶が目を配っていたのでどうにか完成させることができた。

「すごい、本当にできあがるんだ！」

完成品を眺め、久緒は大喜びだった。無邪気に喜びを表現する久緒を見て、それまでの苦労が報われた気がした。今回作ったのは展示されている『弓射り童子』の簡易版で、ちゃんと弓を引いて矢を放つことができる。

「――これはいいね。これは大きくすれば人が殺せる」

完成品を動かしながら、久緒がぎょっとするような発言をした。小声だったから他の客には聞かれていないが、何となく背筋が寒くなる発言だった。

「こういう日本人形じゃなくて西洋の人形がいいな。オートマタのほうが今時だしね、女神みたいな人形が縛られた人間に矢を放つんだ。時間が来るとね。それで被害者は死ぬまぎわに何とかダイイングメッセージを残そうとするんだけど」

久緒がわけの分からないことをべらべら喋り出す。多分小説の内容でも語っているのだろうが、晶には何を言っているかよく分からなかった。それより変な単語を聞いて他の人に変に思われるのではないかと気が気じゃない。幸いにも周囲の家族は作り上げたからくり人形の話で盛り上がっていた。

「久緒さん、頭の中がだだもれですよ」

まくしたてる久緒の肩を叩《たた》くと、ハッとして久緒の口が止まった。

「やぁ、危ない、危ない。貴重なネタが奪われるところだった。今すごいトリックを思いついたところだったよ。止めてくれてありがとう、内野《うちの》さん」

笑顔で久緒に礼を言われ、つくづく変な人だと思いながら席を離れた。

この日の企画は驚くくらいうまくいった。全員が完成させることができたし、何よりも参加者が笑顔で礼を言ってくれたのが嬉《うれ》しかった。富士田の教えが上手《うま》かったおかげだろう。完成できなかった子がいた場合はどうするか悩んでいただけにホッとした。

「内野さん、今度お茶に誘ってもいい？　からくりについてもっと聞きたいことがあるんだ」

帰り際に久緒に笑顔で誘われ、苦笑しながらいいですよと答えておいた。本来なら客とのコミュニケーションは館内のみにしたいところだが、からくりについて聞きたいと言われては無下にもできない。

「いいですけど…。そういえば俺も久緒さんのペンネーム聞きたいと思ってたんですよ。嫌じゃなければぜひ一度読んでみたくて」

「ええ？　どうしちゃったの、俺に興味でも湧《わ》いた？」

晶が逆に尋ねると、久緒は大げさに驚いて頭を掻《か》いた。それから周囲に目を走らせ、照れた顔で晶に耳打ちしてくる。

「読むなら××出版の『荒野燃ゆ』って本を読んで。一番好きな本だから」

久緒は何故《なぜ》かペンネームは告げずにタイトルだけ教えてくる。不思議に思ったが、名前を言われても知らない名前だったらがっかりさせてしまうかもしれないので、晶は深く突っ込まなかった。タイトルだけ暗記して頷《うなず》く。

「それじゃまた。ぜひ殺し方について話し合いたいな」

完成品を大切そうに抱え、久緒が去って行く。あくまでからくり人形で殺人を犯したいらしい。呆れて笑みを返し、久緒の背中を見送った。

帰り道本屋に寄って、教えられたタイトルの本を探した。作者名を見て、少し驚いた。見覚えのある名前だ。あまり読書家というほどでもない晶が知っているくらいだから、それなりに知名度のある作家だと思う。売れないミステリー作家などと本人は言っていたが、謙遜《けんそん》だったのだろう。

晶は教えられた本と、新刊コーナーに積まれていた同じ作者名の『ニライカナイ』という本を手にとりレジに向かった。こちらはタイトルに購買意欲をそそられた。たまにはミステリーもいいかもしれない。専門書くらいしか読まない晶には気分転換になる。それにしても今日は疲れた。大勢の客と相対するのは気を遣う。

買った本をバッグにしまい、晶は帰路に着いた。


きりきりと弓を引き絞る。

限界まで引かれた弓から、矢が解き放たれた。鋭い切っ先が弧を描き、心臓を射抜く。深く突き刺さった矢から、じわじわと血が染み出した。衣服を濡《ぬ》らす赤い鮮血。どさりと女性の身体が倒れ、その顔が目に入る。

――息を呑んで晶はベッドから身を起こし、荒く息を吐き出した。

室内は真っ暗で、何の物音もしない。額に手をかざし、汗びっしょりなのに気づいて再びベッドに横たわった。嫌な夢を見た。夢の中でからくり人形が人を殺していた。久緒が変なことばかり言うから影響されてしまったのだろう。それに多分昨夜寝るまぎわまで久緒の本を読んでいたせいだ。久緒の『ニライカナイ』という本が予想以上に面白く、犯人を知るまで途中で読み止めることができなかった。久緒の人となりを見ていると、子どもがそのまま大人になったみたいなところがあるから、書いている内容も子ども染みていると思ったのに、意外にも作品は真面目で、とても久緒が書いたとは思えないほど深いものだった。

（それにしても…）

悪夢を思い出して晶は深い息を吐いた。

射抜かれていたのは、初音《はつね》だった。

夢とはいえ実の妹が死んでいるさまを見るのは嫌なものだ。もしかしたら自分のどこかにそんな願望が眠っているのではないか。晶は髪をぐしゃりと掻き乱し、嫌な考えを振り払おうとした。

初音はあいかわらず引きこもって部屋から出てこない。晶が顔を出すと部屋から出てきてくれるが、それ以外は一切父母の話に耳を傾けなくなってきた。何より困ったのは食事をとってくれないことだ。晶が帰ってきてから夕食は食べてくれるが、それ以外はほとんど口をつけない。おかげで初音はすっかり痩《や》せてしまい、心配して母がため息ばかり吐いている。

会社も、結局辞めてしまった。

有給休暇も使いきり、欠勤扱いになっていたので仕方なかった。母は初音の部屋に行って初音の話を聞いてくれと言うが、初音と二人きりになるのはあまり気が進まなかった。二人でいると初音はべったりと身体をくっつけて、「お兄ちゃんの家で一緒に暮らしたい」と言い出す。そうすればもう引きこもらないと告げる初音に、内心恐れのほうが強くなっていた。

正直に言えば一人暮らしをしたのは、初音に兄離れしてほしいという気持ちからだった。それなのにこのままでは、何の意味もなくなる。もう半月近くマンションに戻っていないのは、戻ったとたん初音が押しかけてくるのではないかと不安になったからだ。

(どうして俺はこんなに薄情なのだろう)

ぼんやりと暗闇《くらやみ》に目を向けて晶は憂鬱《ゆううつ》になった。

拉致《らち》された可哀想な妹を優しく迎え入れることもできないし、章文《あきふみ》の優しい愛情も重荷に感じてしまう。好意を向けられてもそれを嬉しく感じない自分は最低な人間に思えた。特に章文には優しくされるより、乱暴に扱われたほうが嬉しいなんて異常に思える。

(もっと冷たくしてくれればいいのに…)

ふいに章文との行為を思い出し、体温が上昇した。そんな自分にうろたえて、枕《まくら》に顔を埋める。明後日は休みだし、明日仕事の帰りに寄ってみようか。鍵《かぎ》はもらっているのだし、章文を好きだと告げているのだから問題はない。

(身体だけは熱くなるのに…)

熱い吐息をこぼして、晶は自分の身体を抱きしめた。

翌日は小雨が朝から降っていた。仕事帰りに章文のマンションに向かうと、駅前で乱闘騒ぎがあった。ロータリーのところで男性が取り押さえられ、周囲を野次馬《やじうま》が囲んでいる。人だかりに気をとられつつ商店街を抜けて章文のマンションに辿《たど》り着いた。

章文に携帯電話で連絡を取ろうと思いながらも、何となく気後れしてそのままエントランスに進んだ。

ふいにどきりとして晶は足を止めた。

エントランスに悄然《しょうぜん》と立ち尽くす女性がいた。視線を感じたのかその顔が上がり、晶を見て泣きそうな顔になる。章文の元婚約者、愛《あい》だ。

「あの…」

とても素通りできなくて、晶は愛に近づいて声をかけた。近くで見ると愛はやつれているようだった。当然章文との婚約が破棄になったからだろう。ずしりと胸に響くものがあった。

「章文…待ってるんですか？　その…」

口ごもる晶に、愛が苦笑して持っていた傘の柄を弄《いじ》る。

「もう聞いたわよね？　駄目になったの…。まだ諦《あきら》めきれなくてここまで来ちゃったの。だってそれまですごくうまくいってたのに…おかしいじゃない。納得できない。他に好きな人ができたって言ってたけど……晶さん、知ってる？」

愛に問われて晶は何も言えずに首を振った。涙ぐむ愛の姿に、胸に鉛が埋め込まれた気分だった。自分が頼んだせいでこうして苦しむ人がいる。今まで考えないようにしてきたが、婚約を破棄して、初音のためとはいえ他人の感情を踏みにじってしまったことに深い後悔の念が湧いた。

「あの…、すごく変なこと言い出してごめんなさい、だけど…」

どうしても黙っていられなくて、晶は気づいたら口走っていた。

「愛さんって、誰かストーカーみたいな人…いたんですか？　二人の結婚を邪魔しようとするような…」

晶の発言は愛にとって意外なものだったらしい。けれどその顔が心当たりでもあったように、暗く沈む。

「確かに以前つきまとわれた男の人はいたわ…。でも章文さんが追っ払ってくれて……、え、まさかそれが今回のことで何か関係が…？」

びっくりした顔で晶の腕を摑《つか》む愛に、晶は困った顔で首を振った。

「まだ分かりませんけど…でも、その男のこと教えてもらっていいですか。ちょっと調べたいことがあるんです」

晶は愛からその男のくわしい情報を聞き出した。今までずっともやもやしたままだったが、やはり初音を拉致した男を調べるべきだ。このままでは初音も愛も不幸なままだ。章文にだって真実を知らせないままでは、心苦しい。

犯人を捜す。

晶は決意を胸に秘めて、章文のマンションには寄らずに駅へと戻った。愛には偶然近くを通ったからついでに寄ってみただけと言い訳しておいた。どのみち愛の前で章文と顔を合わせる勇気はない。

愛からもらった情報を眺め、暇な時にでも調査しようと考えた。愛につきまとっていた男の名前は原川勧《はらかわすすむ》。以前愛と同じ会社に勤めていた男だが、今は辞職してどうしているか分からない。名簿があるから住所は分かると言われ、あとからメールしてもらう手はずになっていた。写真でもあれば、初音に確認してもらえるのだが。

もし、この男が初音を拉致した本人だったら——警察に突き出して、すべてを元どおりにしたかった。章文との歪《ゆが》んだ関係を元に戻したい。あんなふうに愛を泣かせる真似《まね》など、やっぱりするべきではなかった。

問題は初音だ。こんなふうに犯人を追うのを初音が受け入れてくれるのか。犯人からの報復を初音は異様に恐れている。うまく説得しなければいけない。

悶々《もんもん》と考えながら駅に辿り着いた晶は、傘を畳み時間を確認した。

「内野さん？」

ふいに肩を叩《たた》かれ、びくりとして振り返る。いつの間にか背後に久緒が立っていた。そういえば章文の家の近くだったと思い出し、表情を弛《ゆる》めた。

「こんばんは、久緒さん…偶然ですね」

久緒は白いレインコートを着て、物珍しそうな顔で晶を見つめている。

「はぁー、内野さんって本当に人形みたいだね。何でメガネで隠すの？　もったいない」

じろじろと見られて戸惑っていると、久緒が顎を撫《な》でて首をひねる。言われて初めて自分がメガネをかけていないのを思い出した。章文が一緒にいる時は、メガネをかけるのを嫌がるので今日はかけていなかった。章文のところへ行く途中だったのですっかり忘れていた。

「え、まぁ…」

「そうだ、内野さん。お茶してくれる約束したよね。よかったら今からどう？　何か予定でもあるの？」

急に嬉々《きき》として久緒が晶の腕を摑んでまくしたてる。

「え、いえ、ないですけど…でも」

「じゃあ、ちょっと俺の家近いから寄っていかない？　積もる話もあるし」

にこにこと笑われ、久緒に腕を引っ張られた。久緒は人の話をあまり聞かないところがある。まだいいとも言ってないうちから、晶を引っ張って自宅に招き寄せようとした。ふだんの晶なら断っていただろうが、この日は章文の家に行くのを取りやめたというのがあって、久緒に促されるままに足を進めてしまった。

「本当にちょっとだけですよ」

念のため晶が釘《くぎ》を刺すと、軽い調子で久緒が何度も頷く。からくり人形を作っていた久緒を見たせいか、どこか子どもっぽく見えて逆らえなかった。

久緒の家は駅の目の前にある高層マンションの十階だった。エントランスには警備員もいるし、マンション自体が新しく豪華な造りだ。売れてないと言っていたのはやはり謙遜かもしれない。作家というのはそんなに儲《もう》かるのかと驚き、部屋に行って二重に驚いた。

「これはまた…ひどい部屋ですね」

思わずそう言ってしまったのも仕方ない。４ＬＤＫという広々とした最新式の造りなのに、どの部屋もがらくたでいっぱいだ。久緒が独身なのはすぐ分かった。趣味のものしか置いてない。

「ちょっと気に入るとすぐ買っちゃうんだ。おかげでリビング以外、床が見えない生活だよ」

久緒の言うとおりリビングはかろうじて綺麗《きれい》にしてあるが、それ以外の部屋は床が見えなかった。廊下ですらダンボールやおもちゃが並んでいる。よくこんな家に人を招けたものだと感心し、晶はソファの前で立ち尽くした。ソファに丸まった毛布が置かれている。どけて座るべきなのか。

「あ、これはね…」

「言わなくても分かります。このソファで寝ているんでしょう」

ぴんときてため息を吐《つ》くと、「名探偵!」と久緒が喝采《かっさい》を上げた。

「よく分かるね。実はベッドの上もいろいろ積んであるから、最近ソファで寝るようになったんだよね。いやぁ、やっぱり内野さんがモデルの主人公は探偵にしよう。美形探偵、ね。女性ファン獲得だ」

「何を言ってるんですか。人を招くなら少しは綺麗にしてください」

呆れて毛布を折り畳んでわきによける。基本的に晶は他人にあれこれと口うるさく言う人間ではないが、久緒の駄目っぷりを見ているとつい口をはさみたくなってしまう。

「今、お茶でも出すよ」

キッチンに立った久緒が慌ててケトルを火にかけ、お茶を出そうとする。しかし一分後には鍋《なべ》が落ちる音や久緒の雄たけびが聞こえてきたので、頭痛を覚えて晶はキッチンに立った。

「俺がやります」

あまりに手際の悪い久緒に業を煮やして、初めて立ったキッチンでお茶を淹《い》れる羽目になった。久緒がこのお茶が美味《うま》いと差し出された缶を見て眉《まゆ》を顰《しか》める。

「これ賞味期限が切れてますけど…」

「あっ、それじゃここらへんに何かあったような…。あと出版社から贈られたお中元のお菓子がここらへんに…」

「お中元……。今六月ですよ、それ去年のじゃないですか。客なんですから、せめてお歳暮にしてもらえませんか」

いちいち突っ込むのも馬鹿らしいと思ったが、口にするものはせめてまともなものがいい。見ると久緒はすごく楽しそうに笑っている。変な男だ。苦笑して晶は適当な茶葉で紅茶を淹れた。

「内野さん、器用だな。細かい作業が得意でしょ。ずばりA型と見た」

ソファに並んで腰かけて茶を飲みながら久緒が楽しげに話す。

「久緒さんは苦手みたいですね」

「俺、作家してなかったらただの駄目人間だからね。もうヒモくらいしかやれることない」

冗談には聞こえないことを久緒が告げ、一人で手を叩いて受けている。作家と言われて久緒の本を読んだのを思い出し、晶は笑顔で話を振った。

「そういえば読みましたよ。『ニライカナイ』面白かったです。久緒さんてすごいもの書くんですね、あの犯人は意外な感じが――」

「何でそれを読む!?　『荒野燃ゆ』って言ったでしょ！」

晶の声を遮って、久緒が絶望的な声を上げる。その反応にびっくりして晶は目を丸くし、頭を抱える久緒を見つめた。

「いや、それも読みましたけど…すみません、そっちは少々難解で意味がよく分からなくて…。『ニライカナイ』のほうがずっと面白かったもんで」

「何で誰もあの名作を分かってくれないんだ、内野さんなら分かってくれると思ったのに!!やれ難解だ、小難しい、ジェンダーフリーを気取っている、昔のほうが面白かった——もううんざりだよ！　俺は批評家気取りとは絶対話をしない、落ち込むのが分かってるからね！」

顔を上げてまくし立ててくる久緒に呆気《あっけ》にとられ、晶は首をかしげた。どうやら晶も感じたとおり、薦められた本はあまり評判がよくないようだ。久緒は興奮してまくし立てたかと思うと、一転してどんよりとした顔でため息を吐く。目に見えて落ち込んでしまった久緒に、晶は目を丸くした。

「久緒さんて、意外と打たれ弱いんですか？」

何か嫌なことでも思い出したのか、すっかり久緒は暗い顔つきになっている。しょげている久緒を見ると、晶には分からないなりに気苦労が多いのだなと同情した。

「作家とはそういう生き物なのだよ。褒めてくれる人がいないと死んでしまう哀れなヒッキーさ」

真面目な顔で力説され、晶はそうなんですか、と頷いた。ふと沈黙が訪れ、何かをねだる目つきで久緒に見つめられる。最初は意味が分からなかったが、褒めてほしいのだと気づき、慌てて作品を褒め称《たた》えた。

「あ、そう？　よかった、気に入ってもらえて」

久緒はすっかり機嫌が直った様子で、ちょっと待っててと告げて奥の部屋に引っ込んでしまった。

「これよかったらもらって。それと、内野さんにこれ見せたかったんだ」

久緒は数冊のハードカバーの本と、長方形の箱を抱えてやってきた。本はまだ読んでない久緒の著書で、申し訳ないと思いつつありがたく受け取った。もう一つの箱を開け、晶は驚いた。ずいぶん古い時代のオートマタだ。ドレスを身にまとった少女が机に向かい手紙を書こうとしている。筆者人形と呼ばれる西洋のからくり人形だ。

「実はイギリスの蚤《のみ》の市で買ったんだけど、動かなくって」

素手で渡されたのにも驚いたが、手袋など持っていなかったから晶も気を遣って手で受け取った。見た感じ十九世紀初期辺りに多く出回ったオートマタだろう。保存方法はあまりよくない。着ている服もボロ布同然だ。

「内野さん、修理もしてるって聞いたよ。直せる？」

「中を拝見していいんですか？」

期待に満ちた眼差しに気づいて問い返すと、久緒が大きく頷く。久緒の子どもみたいな眼差しについ苦笑してしまった。

「でも今は道具も何もないんで、後日仕事場にでも…」

さすがにこの場でやれとは言わないだろうと思い遠まわしに拒否すると、今度は棚からドライバーや大工道具一式を取り出して持ってくる。新品同然の道具に啞然《あぜん》とした。

「俺は形から入る人間だから、こういうのは揃《そろ》ってるんだよね」

「どれも使った形跡がありませんけど…」

「このプラスドライバーはこの前使ったじゃないか！」

要するに道具だけ揃えてその気になるタイプらしい。久緒の家にがらくたが積まれていく理由の一端を見た気がして晶は呆れて笑った。

「じゃあ少しだけ拝見しますよ。この場でできないような修理なら、後日持ってきてくださいね」

薄い手袋をはめて人形の背中から中を開いていく。作業を始めてすぐに中のぜんまいに小さな紙切れが挟まっていたのに気づき、ピンセットで取り出した。動かなかったのはこれが挟まっていたせいだろう。無理に動かそうとしたためか、紙は千切れた部分もあって全部取り除くのに時間がかかった。

「これのせいだったみたいですね。もう動くんじゃないかな」

一時間ほどして修理が終わり、テーブルの上に置きネジを巻いて動かしてみた。案の定人形がゆっくりと首を振りながら机の上の便せんに文字を書き始める。

「すばらしい！　内野さん、あなたは天才だ！」

動いたオートマタを見て興奮した様子で久緒が両手を上げる。

「やっぱり次の主人公は内野さんで決まりだ、からくり人形探偵内野。これサブタイトルでどうだろう?」

「いやもう勘弁してください。意味が分からない」

「ぜひお礼をしたい！　何でもいいから、好きなものを言ってくれ」

満面の笑みを浮かべて久緒が晶の手を握ってぶんぶんと振り回す。

「じゃあ、これください」

何でもと言われたのでオートマタを指すと、とたんに久緒が両手を離して大きく首を横に振った。

「それは駄目！　駄目に決まってるだろう！」

「何でもいいって言ったくせに…」

「うー。でもこれはけっこう高かったのだよ、いや値段の問題よりなかなか手に入らないのが…っ、俺は決してケチではないつもりだが…。ちょっと考えさせてくれ…」

冗談で言ったのに、久緒が真剣な顔をして悩み始めてしまった。さすがに少し可哀想になって、晶はすっかり冷めてしまった紅茶に口をつけ、首を振った。

「たいしたこともしてないし、礼はいいですよ。それよりも保存状態が悪いから気をつけてくださいね。それじゃそろそろ帰ります」

長居しすぎてもう十時を回っている。腰を浮かしかけた晶に、久緒が身を乗り出して止めてくる。

「いやいやいや、待って、待って。何か他のことでお礼になりそうなのを言ってくれよ。このままじゃ帰せないから」

真剣な顔で告げる久緒に晶も根負けして何かないかと考え込んだ。ふっと頭に浮かんだのは、先ほど愛から教えてもらった男についてだ。

「……たとえば」

もう一度ソファに腰を下ろし、晶はなるべく軽い口調に聞こえるように注意しながら口を開いた。どうしてそんな気分になったのか——もしかしたら久緒の作品を見て、深いものを感じたせいかもしれない。人の裏をかくようなミステリー小説を書く人間だ、自分よりよほど頼りになる気がした。

「名前と、前に勤めていた会社しか分からない男の写真……とか、手に入りますか？」

意図を探られたくなくて久緒の鎖骨辺りを見て言うと、意外にも「簡単だよ」と気楽な答えが返ってきた。

「本当に？」

「それくらい簡単なことだ。どこの誰なの？」

平然と聞き返す久緒に原川勧の名前と以前勤めていた会社名を告げた。住所が分かったら追って連絡すると言うと、大きく胸を叩いて任せなさいと請け負う。

「何だか事件の匂いがするね。内野探偵の助手になったみたいだな」

久緒は楽しげに晶の告げた情報をメモしている。思いがけない相手に頼む羽目になったが、助かったといえば助かった。なにしろもし原川が初音を拉致した相手だったら、周囲を嗅《か》ぎ回ったらすぐにばれてしまう。晶の携帯電話や過去の話を知っているくらいだ、面くらい割れているに決まっている。

（……あれ）

急にひっかかりを覚えて晶は眉を寄せた。そういえばどうして犯人は晶の過去を知っていたのだろう。章文とつき合っていた話は、同じ学校の一部の人しか知らないはずだ。実家に盗聴器はあったが、晶の自宅にはなかった。どうやって知ったのか。

「内野さん泊まっていったら？　からくり人形について朝まで語り明かしたいな」

久緒の誘いを丁重に断って部屋を出た。泊まっていってもいいと言うが、こんな汚部屋《おべや》では眠れるはずない。残念そうな顔で久緒は駅まで送ると言ってついてきた。雨はすっかりやんだが、肌寒かった。ここ数日梅雨《つゆ》に入ってから気温がだいぶ下がっている。

「そういえばさっき乱闘騒ぎがあってね、最近はこの辺も物騒になったもんだ」

嘆かわしいと言いたげに久緒が目を細める。晶も取り押さえられた現場は見たが、ロータリーはすっかり何ごともなかったかのように静まり返っている。

愛は章文と話ができただろうかと頭の隅で考え、久緒と別れた。

家に戻り初音と遅い夕食をとると、晶は疲れを感じて部屋に戻った。最近内野家ではめっきり会話が減っている。前から多いほうではなかったが、ここのところ雰囲気もぴりぴりして居心地が悪かった。父は渋い顔だし、母は疲れた顔で初音の顔色を窺《うかが》っている。肝心の初音は完全に父母とのコミュニケーションを拒絶していて、最近では話しかけてもろくに答えなくなっていた。このままではまずいと皆思っているのに、どう動いていいか分からずにいる。

明日は休みだし、初音に食事をとらせたあと、自分のマンションに戻ろうと考えた。一ヶ月近く帰っていないから、きっと埃《ほこり》もたまっている。ベッドに潜り込み、晶はため息を吐いて目を閉じた。

人の気配を感じたのは、まどろみ始めてすぐだった。柔らかな唇の感触を感じ、夢うつつに章文かと思い目を開けた。

頬《ほお》に触れる柔らかな感触に、ハッとしてその身体を突き飛ばしてしまった。きゃっ、という小さな悲鳴が聞こえて、初音が床に尻餅《しりもち》をついたのが分かる。

「は、初音…っ」

呆然として晶は声を震わせ、手元の明かりをつけた。初音はバツの悪そうな顔でうつむいている。パジャマ姿の初音のボタンがいくつか外れている。しばし言葉を失い、晶は上半身を起こした。

「初音、今何したの……？」

まだ信じられなくて初音を凝視してしまう。今まで晶のお嫁さんになりたいと言っていたことはあっても、それはあくまで夢物語としての話だと思っていた。こうして初音が夜中こっそり忍び込んでキスをしてくるまでは。

「俺たち実の兄妹なんだよ、分かってるよね……？　初音、こういうのはしちゃ駄目なんだよ」

晶が懇々と諭し出すと、初音がすっくと立ち上がり、晶を睨《にら》みつけてきた。

「どうしたらしてくれる？」

理解できない言葉を投げつけられて晶は完全に言葉を失った。

「どうしたらあたしと、恋人みたいなことしてくれる？　あたしお兄ちゃん以外の人としたくない、キスもえっちも」

「初音!!」

言いようのない嫌悪感を覚えて晶は声を上げた。びくっと初音が肩を震わせ、泣きそうな顔で睨みつけてくる。

「俺はしたくない、初音は妹だ。そんな気になれるはずないだろ!!」

初音にとんでもない発言をされたこともあって、思ったよりも大声で怒鳴ってしまった。とたんにわっと大声で初音が泣き出し、両手の拳《こぶし》を震わせた。

「じゃあ死んでやる！　あたしなんか死ねばいいんでしょ!!」

泣きながら初音が部屋を駆け出して行く。混乱していた晶もそんな捨て台詞《ぜりふ》を吐かれては、追わないわけにはいかず、ベッドから起き出して初音のあとを追いかけた。初音は階段を足音も荒く駆け下り、迷わずキッチンへと走って行く。

リビングの電気をつけた晶は、視界の隅で初音が包丁を取り出したのに気づき、ぎょっとして足を竦《すく》ませた。

「馬鹿！　何やってるんだ!!」

カウンターの向こうで初音の手に包丁が握られたのを見て、晶は大声を上げて駆け寄った。暴れる初音の腕を摑み、包丁を奪い取ろうとする。騒ぎを聞きつけて父母が起き出し、包丁を振り回して泣いて暴れる初音に仰天した。

「あ、あんたたち何を――」

「危ない、晶っ」

初音は泣きじゃくって包丁を振り回している。どうにかその身体を押さえつけ包丁を奪い取ったものの、晶の腕にもいくつか切り傷ができてしまった。父が床に落ちた包丁を取り上げ、一緒に暴れる初音を押さえつけてくれた。

「わああっ、死んでやる！　もう死んでやるんだから!!」

狂ったように泣き喚く初音を取り抑え、必死になだめて落ち着かせた。晶も頭がおかしくなりそうだった。抱きついて泣き続ける初音の背中を撫で、一体どうしてこんなふうになってしまったんだろうと目眩《めまい》を覚える。

一時間ほどして落ち着きを取り戻した初音を部屋に戻し、刃物をすべて部屋から取り除くと晶は父母と一緒に顔を合わせて頭を抱えた。二人に初音が部屋に忍び込んできてキスした話をすると、真っ青になって黙り込んでしまう。

「……もういっそ、心療内科に一度見てもらうべきなんじゃないかしら？」

ぽつりと母がこぼして、晶は驚愕《きょうがく》に目を見開いた。母は昔から問題ごとがあると自分で解決せず他人に任せようとする節がある。自分と似ていて、心底嫌になった。

「それよりもこうなった原因である事件を明るみに出すべきじゃないか。もうこれだけおかしくなってるんだ。どのみち同じだろう。俺は警察に行くべきだと思う」

母の提案は退けて父がこめかみを揉《も》みながら告げる。

「俺も父さんに賛成だけど……肝心の初音が口を閉ざしていたら、警察に行っても被害届けを出せないんじゃないかな。物的証拠…とかもないわけだし」

「犯人からかかってきた電話は？」

「それが…通話記録はあるけど、初音の携帯電話を使ってかけてきただろう。今思えば犯人との会話を録音すればよかったんだけど、あの時は気が動転してて…」

テーブルを囲み、重苦しい顔で互いに見つめ合う。

二人のやつれた顔を見て晶は仕方なく口を開いた。

「……初音を説得してみるよ。警察に行くように」

晶の言葉に父母の顔が救いを見い出したように輝き出す。本当は犯人と思《おぼ》しき人物について話すべきなのだろうが、まだ何の確証もないので黙っておいた。

階下に父母を置いて、晶は二階に戻り初音の部屋のドアをノックした。答えはなかったが静かにドアを開けると、初音はベッドの隅で膝《ひざ》を抱えていた。

「初音、入るよ」

なるべく刺激しないように気を遣いながら、初音の部屋に入る。初音とは少し距離を置いて、ベッドの隅に腰を下ろした。

「初音、一緒に警察に行こうよ。きっと初音はいろいろあって頭が混乱してるんだよ。リセットしてもう一度やり直せばきっとうまくいくから」

優しく告げてみたが、初音の態度は頑《かたく》なだった。無言で首を横に振り、膝の中に顔を埋める。

「でも初音だってこのままでいいとは思ってないだろう。警察に行って犯人を捜してもらおうよ」

「やだ！　お兄ちゃんはあたしの変な写真がばらまかれてもいいって言うの？」

泣き濡れた顔をようやく上げて初音が低く呟く。

「それは…でも、このままじゃ…」

「警察だけは嫌だ。根掘り葉掘り聞かれるんでしょ、絶対に嫌」

尖《とが》った声で拒絶され、晶は困って言葉を探した。確かに初音の言うとおり、警察にはあれこれ細かく聞かれるだろう。それは避けて通れない。若い女性としては残酷な質問もされるだろう。だからといってこのままでは、初音だけではなく家族全員が参ってしまう。

「あたしお兄ちゃんが好き…。お兄ちゃんだけいればいいの…」

再び泣き始める初音に困り果て、晶は床に目を落とした。もういっそ初音の希望どおり自分のマンションで一緒に暮らして、立ち直るのを待つべきなのだろうかと考えがぐらついた。自分さえ初音のために我慢すれば、元どおりになってくれるのではないか。自殺なんて馬鹿なことを考えないでくれるかも――。

そこまで考えて晶はぞっとして首を振った。きっと初音の愛情の重さに、自分は耐えられなくなる。今でさえぎりぎりの線にいるのに、この先二人きりになって今夜のような真似をされたら精神的におかしくなるのは晶のほうだ。

「初音、警察が嫌なら俺が犯人を捜すから」

思い余った末に自分の中にしまっておいた考えを口にした。驚いた表情で初音が晶を見つめてくる。

「そして初音の写真も取り返す。それでいい？」

じっと初音を見つめて告げると、呑まれたような顔で初音が頷く。犯人を捜し出すまでは何とかなっても写真を取り返すのはかなり大変だ。けれどこのままでは事態は悪くなるばかりだ。久緒に頼んだが自分でも動いてみよう。そう決意して晶はベッドから立ち上がった。

翌日の昼すぎに自宅のマンションに戻ると、空気の入れ替えをしてゴミを出しておいた。冷蔵庫の中身もチェックしておく。次はいつ戻って来られるか分からないのでほとんど冷凍庫に突っ込んでおいた。

部屋を出る前にカウンターの人形が目に入り、コインを入れて出てきたセロファンの包みを手にとる。扉の奥へ引っ込む人形を見つめながら、黄色いセロファンを開き、中に入っていたラムネを嚙《か》み砕いた。

甘い。

晶は、そのままふらりと章文の家へ向かった。愛とどうなったのか知りたかった。章文が望むならこの関係を続けるつもりだが、昨日のように陰で苦しんでいる女性がいるのを考えると、自責の念が湧いてくる。いっそ章文にすべてばらしてしまおうかとも思うが、今さらそんな話をして責められるのも恐ろしくて言い出しづらかった。

章文の家の最寄り駅に着いたのが午後四時。電車を降りようとしたところで携帯電話が鳴った。着信名を見て驚く。久緒だ。

「はい、内野です」

原川の写真を頼んだ時に携帯電話の番号も交換していたのだが、こんなに早くかかってくるとは思わなかった。

『もしもし、久緒です。今日空いてる？　例の男の写真撮れたよ。早速渡したいんだけど』

早口でまくしたてられ、びっくりして目を丸くした。昨日の今日で仕事が速すぎる。からくり人形を作るのはあれだけ遅かったのに、こういう仕事は素早い。

「ちょうど最寄り駅に来てますから、今から行っていいですか？」

閉まりそうになる電車の扉から慌ててホームに降り、近くの階段を上った。久緒から了解の返事をもらい、今から向かうと告げて電話を切った。

自分が興奮しているのに気づき、冷静になろうと務めつつ足を速めた。もし久緒からもらった写真の男と初音を拉致した男の顔が同じならかなり前進だ。

昨日案内された道を辿って久緒のマンションへ向かうと、エントランスに久緒が待ち構えていた。部屋番号がうろ覚えだったので助かった。階下で用のある部屋番号を押さないと奥に入れないシステムになっていたのだ。

「はいこれ。ちょっと画像悪いけど」

　久緒の部屋に入ると、茶封筒を渡される。中に入っていたのはＡ４の印画紙で、アパートの階段を下りてくる男の姿が映し出されている。帽子を目深に被《かぶ》った中肉中背の男だ。二枚目の写真はよほどいいカメラで撮ったのか顔がはっきりと分かる。

「原川勧。教えられた住所から一度引っ越してて、今はここに住んでいるらしい。会社を辞めて今は定職に就いてないようだね。就職情報誌を眺めていたよ」

　昨日より少しだけ綺麗になったリビングのソファに腰を下ろし、晶は食い入るように男の顔を眺めた。この男が初音を拉致したのだろうか。

「ありがとうございます。それにしても昨日の今日で仕事が速いですね」

　封筒から顔を上げ、晶は感心して久緒に礼を言った。久緒は誇らしげに笑い、腕を組んだ。

「朝から動いてたからね。こういうの俺、好きだなぁ。それで？　この男は君の何？」

　興味津々といった顔で久緒に見つめられ、晶は印画紙を封筒にしまいこみ苦笑した。

「ええまぁちょっと…。本当にありがとうございます。それじゃこれで」

　あまり突っ込まれると厄介だと思い、晶は笑みを浮かべながら腰を浮かした。久緒が帰ろうとする晶の後ろから焦った顔でくっついてくる。

「ええっ、もう帰っちゃうの？　もっと話そうよ、どうしてその男の写真をほしがったかとか」

引き留めようとする久緒に笑みを返しつつ、晶は靴を履いてもう一度礼を告げた。

「久緒さんのおかげで助かりました。からくりを直した借りはこれでチャラってことで」

「そんなぁ。君、ひどいね。もうとりつく島もないんだから」

ぶつぶつ呟きながら久緒が下のエントランスまで見送りと称してついてくる。久緒には悪いが、初音の話は簡単に口にできる話ではない。内心久緒がしつこく聞き出そうとしないので安堵していた。

「それじゃ今度はうちじゃなくて、素敵なお店に連れて行くよ」

駅に向かおうとする晶に久緒が残念そうな声で告げた。それに対し適当に返事をしようとした晶は、どきりとしてマンションの前で固まった。

「晶……？」

駅から出てきた人の波の中に章文がいたのだ。久緒のマンションはロータリーの道沿いにあり、今まさにそこから出てきたのを見られてしまった。立ち止まった章文に気がついて、久緒が不思議そうな顔で晶を見る。

「知り合い？」

「え、ええ…まぁ。それじゃ久緒さん、また」

見られて困ることは何もないのだが、気に食わないといった表情で久緒を見る章文の目つきを見れば、しまったという感情が湧いた。久緒の視線から隠すように章文の傍《そば》に立ち、歩くのを促す。

「ちょうどよかった、今から章文のところへ行こうと思っていたんだ」

章文のマンションへ向かいながら、顔色を窺うように告げる。章文のところへ行こうとしていたのは本当のことなのに、とってつけたみたいに聞こえて困った。章文はあからさまに疑惑の眼差しで晶を見やる。

「あの男、何?」

低い不機嫌な声で聞かれ、晶は曖昧《あいまい》な笑みを浮かべ頷いた。

「からくり人形館によく来るお客さんだよ」

「何で客のマンションに入るんだよ」

じろりと章文に睨まれ、晶は視線を逸らしてうなじを撫でた。

「からくり人形の修理を頼まれたんだ。それだけ…」

「ふぅん」

歩く足取りを弛めて章文がつまらなさそうに呟く。ちらりと章文を見つめ、晶は(あれ?)と目を丸くし章文を覗き込んだ。

「章文……それ、怪我《けが》?」

よく見ると章文のこめかみに痣《あざ》がある。殴られたのか、それともどこかにぶつけたのか分からないが、痛そうだった。

「ちょっとぶつけただけだ」

章文は怪我について語りたくないのか晶が触れようとすると身を引き、小さく呟いた。気になったがそれ以上突っ込んで話もできず、無言で章文のマンションへ向かった。今日も愛が待っていたら顔を合わせづらいと思ったが、エントランスには幸い誰もいなかった。

「コーヒーでも淹れようか？」

章文の部屋に入ると、仕事帰りの章文を労《いた》わって声をかけた。章文は気だるい顔をしていて、やけに疲れて見えた。もしかしたら愛と何かあったのかもしれない、と考え、あの怪我は愛が原因ではないかと勘繰った。

「それより、こっちへ来いよ」

キッチンに向かいかけた晶に章文が尖った声を発した。予想以上に機嫌が悪いと内心ひやりとし、晶は黙ってソファに座る章文の前に立った。章文は面倒そうにネクタイを弛め、冷たい眼差しを向ける。

「下脱げよ、浮気してないか確かめる」

思いがけない発言にどきりとして身を竦める。章文に射抜かれるような瞳で見られ、晶は赤くなってうつむいた。

「浮気なんてしてない…」

「どうだかな。分からないだろ、確かめるから脱げよ」

そっけない声に胴震いして、晶は仕方なくベルトに手をかけた。先ほど久緒のマンションから出てきたのを疑っているのだろうか。晶はぎこちない手つきでズボンを下ろし、章文から目を逸らして下着も脱ぎ捨てた。章文の視線は強くて、嫌でも全部見られているのを意識しないわけにはいかない。下だけ剝き出しの状態で章文の前に立つと、晶は自分の下腹部が形を変えないようにと願った。

「ケツ、向けろよ」

乱暴な声に促され、晶は章文に背中を向けた。すぐに章文の指が臀部《でんぶ》を撫で、まだ硬く閉ざされた蕾《つぼみ》を指で弄る。

「……っ」

乾いた指が蕾に潜り込んできて、かすかに痛みを覚えた。章文は確認するように中を探り、晶の反応を確かめている。

「突っ込まれてはいないようだな」

一度指が抜かれ、ホッとしたのも束《つか》の間、今度は唾液《だえき》で濡らした指が根元まで一気に潜り込んできた。

「ん…っ」

章文の指がぐりっと前立腺を擦る。晶の身体を熟知した指は、煽《あお》るようにそこを刺激し続け、晶は息を震わせて自分の身体を抱いた。

「あ…章文…、ん…っ」

尻《しり》の奥を弄られてすぐに前が反応してしまった。ぐりぐりと奥の感じる場所を擦られ、熱っぽい息を吐き出すと、急に生温かい感触がそこを刺激した。

「や…っ、あ…っ、章文…、そんな、の…」

尻たぶを広げ、章文が蕾を舌で舐《な》め上げていた。尖らせた舌先ですぼみをつつき、晶の声を跳ね上げる。すぼみが唾液によって濡らされると、章文の指が再び奥を探って動き回った。襞《ひだ》を探られ、内壁を擦られ、晶の前が硬く反り返っていく。

「ひゃ…っ、ん…っ、あ、あ…っ」

章文の手のひらが太ももをいやらしく撫で回し、つけ根近くを揉んでいく。性器にはわざと触れず、袋の辺りだけ優しく揉まれ、息が荒くなった。章文は臀部に甘く歯を当て、中に入れた指を増やしてきた。

「あ…き、ふみ…っ、立ってられな…」

しつこく中を愛撫《あいぶ》され、足がガクガクしてきた。二本の指が感じる場所を擦ってくると、もう息が上がって床に身を投げ出したくなる。

「わ…っ」

振り返ろうとした瞬間、章文に乱暴に腕を引っ張られ、ソファに押し倒された。シャツ一枚の晶の身体に章文が覆い被さり、強い視線で見つめる。

「――お前、本当は俺のこと好きじゃないんだろ」

冷たい声を投げつけられ、どきりとして晶は身を縮めた。章文の目が怒っているようにも悲しんでいるようにも見えて戸惑いが広がる。何か章文にそう思わせる態度をとってしまっただろうかと焦り、晶は息を呑んだ。

「そんなこと…ない…。どうして…?」

もしかしたら今は真実を告げるチャンスだったかもしれないが、とても好きじゃないなどとは言えなかった。章文を騙《だま》しているのがばれたら、どんなふうになってしまうか考えただけで恐ろしい。今はこの関係を壊す気はなかった。

「……お前、嫌な奴だな」

口元を歪めて章文が笑う。なおも言い募ろうとした晶に章文が深く唇を重ねてきた。食《は》むように口づけられ、章文の手のひらがシャツの上から胸元を這《は》う。

「ん…っ、んう…っ、…っ」

シャツの上から強めに乳首を摘まれ、ひくんと腰が熱くなった。章文の指は意地悪く乳首を弄り続け、ぎゅっと強く摘まれるたびに晶は腰を蠢《うごめ》かした。

「んー…っ、ん、あ…っ、あう…」

直接触ってほしくてキスをしながらシャツのボタンを外していった。章文は唇から首筋にキスを移動し、開いたシャツの隙間《すきま》から晶の乳首を指で摘んだ。

「…そうだな、俺とのセックスは好き、みたいだな」

揶揄《やゆ》するように章文が乳首を弾《はじ》く。全開にして晶が上半身をはだけると、章文が屈み込んで乳首を吸ってきた。柔らかな舌で嬲《なぶ》られ、ぞくぞくと背筋を甘い感覚が走り抜けた。

「あ…っ、は、あ…っ」

舌で激しく乳首を叩かれ、とろんとした目つきで喘《あえ》ぐ。唾液で濡れるほどに乳首を嬲られ、下半身が熱くてたまらなかった。

「やぁ…っ、や…っ」

軽く乳首を噛《か》まれて、甲高い声を放ってしまう。章文は笑って乳首を舌先で弾き、先端から蜜《みつ》をこぼし始めた性器を扱《しご》く。

「痛いくらいが感じるみたいだな…、見ろよ。噛んだら濡れてきた…」

確かめるように再び章文が乳首に歯を当て、晶は仰《の》け反って甘い声を発した。

「嘘…、嘘…っ、や、あ…っ」

ひくひくと震えて身をよじるが、章文にもう一度やんわりと噛まれると、じんと腰が疼《うず》いてくる。

「こっちも柔らかくなってきた…。変態だな、晶」

尻のはざまから指を滑らせ、章文が奥を弄ってくる。同時に乳首もしゃぶられ、晶は身を引きつらせて甘い声を発した。

「や、あ…っ、あ…っ、あ…っ」

中に入れた指を揺さぶるように動かされて、甲高い声が抑えられなくなった。章文はピンポイントで晶の感じる場所を擦り続けていく。とろとろと先端から蜜があふれ、晶はソファから落ちそうになりながら身悶《みもだ》えた。

「まだほぐれてないけど…痛いくらいがいいんだよな?」

蔑《さげす》むような声で呟き、章文が両足を抱え上げてくる。下肢をくつろげ、章文が勃起《ぼっき》した性器を押しつけてきた。

「や、ま…っ、待って…っ」

先端がめり込んできて、晶は身体をずらすようにした。まだ狭いそこは章文を受け入れたら裂けてしまうかもしれない。そんな晶の怯《おび》えを無視して、章文が腰を抱え、猛《たけ》ったモノを突き立ててくる。

「ひ…っ、あ…っ」

びくりと震え、思わず手を伸ばす。ちょうど章文の足に触れ、ズボンを摑む。章文はかすかに眉を顰めながら、ぐいぐいと性器を奥に押し込んできた。硬くて大きな熱いモノが、狭い道を目いっぱい広げてくる。身体を引き攣《つ》らせ、晶は目を潤ませて章文を見上げた。

「晶……っ」

章文は何かを耐えるような顔で晶を見つめていた。その唇から乱れた息がこぼれ、晶は身体の奥がじわりと熱くなるのを感じた。奥に潜り込んだ息づくモノは、痛みと同じくらいの快楽を与えてくる。張り出した部分で感じる場所を擦られ、強張《こわば》った身体から力が抜けていく。

「あ…っ、あ、ぁ…っ」

根元までは突き立てず、章文は浅い部分を軽く揺すり始めた。熱いモノで中を掻き乱され、引っくり返った声が漏れてしまう。律動が始まってすぐに痛みは気にならなくなり、じれったいような疼きが身体に広がっていった。

「う…っ、ん…っ、は、あ…っ」

晶の口から甘い喘ぎが漏れると、章文の動きも激しくなっていく。大きく足を広げられ、腰を突き上げられ、晶はクッションに頭を擦りつけて息を荒げた。

「あ…っ、あぁ…っ、気持ちいい…」

我慢できなくなって右手で乳首を弄り、左手で性器を扱《しご》き始めた。気づいた章文が笑って腰をねじるように突き上げてくる。三ヶ所の刺激であっという間に体温が上昇する。

「淫乱《いんらん》…」

潜めた声に刺激され、晶は一気に絶頂に上り詰めた。首筋にまでかかるほど精液を吐き出し、全身を震わせる。

「あ…あ…ぁ…っ」

繋《つな》がった場所をきつく締め上げ、射精の余韻に震える。イっている途中も章文は腰を突き上げてきたので、快楽に終わりがないかのようだった。

「こんな身体じゃ、もう女とやっても満足できないな…」

荒い息を吐き出し、章文が激しく律動してくる。本当にそうかもしれないと怯え、晶はソファの上で身悶えた。

「ねぇ…縛って」

気づいたら無意識のうちにそう口走っていた。章文の律動がやみ、驚いた顔で息を乱したまま見つめてくる。

「お願い…。縛ってほしい…」

両手を揃《そろ》えて差し出し、濡れた瞳で訴える。章文はわずかに躊躇《ちゅうちょ》したが、すぐにネクタイを引き抜いて晶の手首に巻きつけてきた。

「もっと、きつく縛って…動けないくらいに」

火照《ほて》った身体でねだると、要求どおりに章文がきつく腕を縛り上げてきた。肘《ひじ》から下が動かせないくらい、がんじがらめに縛られ、また安心してしまった。章文が達したら、足も縛りつけてもらおうと熱を持った身体で考えた。自分では身動きのとれないように縛られ、物のように扱われたかった。きっと気持ちよくなる。

「汚して…俺のこと…。精液ぶっかけて…」

上擦った声で呟くと、章文が顔を歪め、ずるりと性器を引き抜いてきた。息を乱しながら性器を扱き上げ、章文が晶の顔めがけて精液をぶちまけてくる。どろりとした液体が頬から顎へ伝う。オスの匂いに恍惚《こうこつ》として浅く呼吸した。章文ははぁはぁと肩で息をし、晶から目を逸らした。

「……そこでしばらく待ってろよ。この前のローター入れといてやるから…」

ソファから一度離れ、章文が前に晶に入れたローターを持ってきた。柔らかくほぐれている尻の奥にそれを埋め込み、リビングから出て行ってしまう。晶はソファに横たわったまま甘い喘ぎをもらし、身悶えた。

先ほどまで章文のモノが入っていただけに、ローターの大きさでは物足りなかった。焦《じ》れったくてたまらない。早くまた章文のモノで犯されたい。切ない声をこぼし、晶は章文を待った。

章文が戻ってきたのは三十分もしてからだった。一度シャワーを浴びたのか、全裸で湯気を立てて現れる。晶はもう焦らされすぎて頬が紅潮していた。

「章文…、入れて…、もう我慢できない…っ」

息を荒げてねだると、章文がソファに横たわっていた晶の腕を引っ張った。

「立ちバックでやろうぜ。ほら、立てよ」

強引に立たされ、壁に歩かされる。一度犯された上にずっとローターを入れられ、足ががくがくしてまっすぐ歩けなかった。それでも章文はしゃがむのを許さず、壁に晶を押しつける。

「ほら、望みどおり入れてやるから」

乱暴にローターが抜き出され、甲高い声を上げて仰け反る。章文は数度自分で扱くと、硬くなった性器を晶の尻のはざまに押しつけ、ゆっくりと腰を進めてきた。

「あ、あ、あー…っ」

質量のある熱いモノが呑み込まれるように入ってくる。晶は壁にすがりつき、あまりの快楽に悶《もだ》えた。

「ひ…っ、ひ、あ、あ…ッ!!」

気づいたら壁に向かって白濁した液体を吐き出していた。びくんびくんと腰を震わせ、身体から力が抜けていく。

「入れただけでイったのかよ…？　そんなにケツが好きになったのか…？　ほら、立て晶」

しゃがむのを許さず、章文が脇《わき》に手を差し込み無理やり立たせてくる。激しく息を乱し、晶は足を震わせながら壁にもたれかかった。

「ちゃんと立ってろよ…」

晶の背中を撫でて、章文が腰を揺すってくる。熱は冷めることなくまた内部から快楽が広がっていく。

「やぁ…っ、あ…っ、ひ…っ、んん…っ」

章文は容赦なく腰を突き上げ、晶の嬌声《きょうせい》を上げさせる。揺さぶられるたびに甘い声を発し、晶は涙を滲《にじ》ませて銜《くわ》え込んだ章文のモノを締めつけた。

「すごいひくついてる…中、火傷《やけど》しそうだ…」

晶を翻弄《ほんろう》するように腰を掻き回し、章文が笑う。立ったまま突き上げられるのは、感じすぎて怖いくらいだった。ちょうどいいところに章文の性器が当たっている。気持ちよすぎて立っているのがつらい。

「や…っ、も…っ、無理、立ってら、れな…っ」

緩急をつけて奥を突き上げられ、喘ぎすぎて声が嗄れてきた。もう助けてほしい、そう言いかけた瞬間、——ひどく近くから女性の悲鳴が聞こえてきた。

「な、な…っ、何、してるの…っ!? あ、章…っ」

ヒステリックな女の声に、一気に我に返り、血の気が引いた。いつの間にか廊下に愛が立っていた。繋がっている章文と晶を見て、驚愕《きょうがく》にわなないている。信じられない光景に驚いたのは晶も同じだ。

「お前が新しい恋人がいるって言っても信じないから見せてやったんだろ…。ほら見ろよ、晶を。綺麗だろ? これだけ綺麗なら分かるって、お前、前に言ってたよな」

驚きのあまり硬直している晶の身体を抱き寄せ、章文が見せつけるようにセックスで乱れている晶の顔を愛に向けさせた。愛の目が晶を射抜き、晶はいたたまれずに目を閉じるしかなかった。

「し…、しんじられ、ない…っ」

わなわなと震え、愛は憎悪を感じさせる目で晶を睨み、きびすを返して部屋を出て行った。乱暴にドアの閉まる音が聞こえ、晶は頭が真っ白になって身体を震わせた。行為に夢中になるあまり、誰かが入ってきたのすら気がつかなかった。

「ど、どうして…っ、何でわざとこんなところを…っ」

章文の行動が読めなくて絶望に満ちた声で呟く。章文の手が晶の顎を摑み、強引に後ろへ向けさせられる。

「この前、愛と会ったんだろ?」

確かめるように聞かれ、晶はどきりとして無言で目を伏せた。章文には知られたくなかったが、おそらく愛が晶と会ったのを話したのだろう。

「お前が原因で別れる羽目になったのに、よく平気で話せるな。言えばよかったんだよ、あんたの元彼は俺とヤりまくってるって」

「そんな…、あぅ…っ」

深く奥まで突き上げられ、声が乱れる。

「そうすれば俺もすっきりしたのに…」

律動を再開させ、章文が冷たい声で言い放つ。混乱して思考が乱れた。突き上げてくる章文の動きに合わせ、熱が上昇していくことだけしか、もう分からない。

「あっ、あっ、やぁ…っ」

甲高い声を室内に響かせ、晶はずるずると床に崩れていった。

章文が解放してくれたのは終電ぎりぎりの時間だった。帰らないと初音が食事をしてくれないと告げて不機嫌な章文の元を離れ、帰路に着いた。

愛のことはショックだった。愛に行為の最中を見られてしまったのもそうだが、章文がわざと愛を呼び出したのも衝撃だった。ひどい真似《まね》をする、と思う傍《かたわ》ら、確かに自分のしたこともひどいことには変わりないと思った。愛をあんな目に遭わせたのは間違いなく晶だ。もはや自分には何も言える権利がない。

関係がばれてしまった今は、少しだけ楽になった気分もあった。以前は二人が元どおりに戻ればいいと思うこともあったのだが、少しだけ今の状況を惜しむ気持ちが強くなっていたからだ。章文と抱き合うようになって、セックスがこんなに気持ちいいものだと初めて知った。愛の元へ戻ればいいと思いつつ、章文を手放したくない気持ちが根づいていた。けれどそれはすべて肉体的な欲求だ。章文に恋心を感じているわけではない。生まれてこのかた、他人に愛情を持ったことがない自分が、章文に恋するわけがない。己の自己中心的な考えには吐き気がするが、他人をうざったいと思うことはあっても、愛情を感じた覚えがないのだから仕方ない。

そういう意味では、やはり章文は愛の元へ帰ったほうがいいと思っていた。

今となってはもう遅いが。

最近章文とはろくに会話をしていない。セックスは腐るほどしているのに、以前とは違い互いのことを話さなくなった。何よりも笑顔の多かった章文が、こんな関係になってからほとんど笑わなくなってしまったのがつらかった。

寮生活をしていた時、章文はよく晶に話しかけてくれた。何をしても淡々としている晶を見て、「お前の人生ってつまんなさそうだな」と言った。

実際そのとおりだったから、言われても受け流した。何をしても無味無臭で、一日が終わるのが長かった。

「お前って好かれると嫌になるみたいだな、何で？」

ある日講堂の掃除を命じられて二人で窓を磨いていた時に、不思議そうに聞かれた。

「俺もよく分からない…」

好かれるのも嫌だったが、外見を褒《ほ》められるのも苦手だった。器《うつわ》は綺麗でも、中身は空洞だと思っていたせいかもしれない。自分自身という人間がいかにつまらないかよく知っていた。感動もなければ、愛情もない。冷たい人間だと思っていた。喜怒哀楽に欠けるというか、外見はいくら整っていても、中身はひどいボロ雑巾《ぞうきん》だ。そう感じるたびに、褒めてくれる人間を騙していたような罪悪感に陥った。

自分は周囲の人間を欺《あざむ》いている。そんな思想が抜けなくて、いつも憂鬱《ゆううつ》だった。

「お前、親に溺愛《できあい》でもされたんじゃない？　愛情過多で、好かれるのがトラウマになったとか」

窓枠に腰を下ろし、章文が何気ない口調で言う。

「親は普通だと思うけど…。でも、妹と比べられるのは嫌だった、かも…」

ぼんやりと小さい頃の気持ちを思い出して呟いた。濡れた雑巾で窓を拭いたあと、空拭《からぶ》きをする。横で章文が笑った。

「分かった。妹、ぶさいくだったんだろ」

どきりとして晶は章文を振り返った。

「……ぶさいくってほどじゃない。でもよく入れ替わればよかったって言われた」

「じゃあ、あれだ。お前妹に申し訳ないって気持ちがトラウマになってんだな。もったいないな、好かれるのが楽しかったらお前今頃この男子校のアイドルだったかもよ」

「それは嬉しくない」

即座に否定すると、章文が笑って窓枠から飛び降りた。

内心章文の推測は当たっているかもしれないと感じていた。初音の顔に傷をつけてしまったことがよりいっそう拍車をかけているとすれば、容姿に関する話題が自分の中でタブーになるのも納得できる。だが分かったからといって何ら変わることはなく、初音の顔を見るたびに憂鬱な心が増していった。初音は晶を慕っていて、それすらも晶はつらかった。

家族の愛情さえ重荷に感じる自分は、きっと一生人を愛する心も分からず死んでいくのだろう。そんなふうに思って高校生活を過ごしていた…。

章文と、こんな関係に陥るとは思いもしなかったあの頃。今ははるか遠い昔のできごとに感じられ、晶は顔を覆った。


自宅に戻ったのは深夜を過ぎた頃だった。晶の帰宅を待ち構えていたように初音が顔を出し、遅い夕食をとった。食事を貪《むさぼ》る初音に、少しだけ安堵する。晶が帰るのを待っていたことといい食欲がないわけではないようだ。腹が減っているなら、我慢しなくてもいいのにと不思議に感じた。

「初音、この写真見てくれる?」

食事を終えたあと、リビングのソファに移動して久緒から渡された印画紙を差し出した。晶が説明する前に、紙に映し出された男の顔を見て初音の顔色が変わった。

「この男なんだね?」

確認するために晶が告げると、不穏な気配を察して父と母が紙を覗き込んできた。二人とも困惑した顔をしている。

「ど…どうする…の？　その人…。あたし警察なんて行きたくない…」

初音はあからさまに不安に満ちた顔つきになっている。初音が警察に行ってくれるなら話は楽なのだが、さすがに無理には連れて行けない。

「……どうにかして写真を取り返そう。駄目そうだったら、直接会ってくる。一人じゃまずいから誰か連れて。知り合いに弁護士がいるから頼んでもいいし」

晶の提案に父と母の顔がわずかに明るくなった。対照的に暗くなったのは初音だ。何かに怯えた顔で唇をぎゅっと噛み、うつむいている。初音の態度に拒絶を感じて、晶も黙り込んだ。もしかしたら初音は撮られた写真を第三者に見られるのを心配しているのかもしれない。

「大丈夫だよ、初音。悪いようにはしないから。だから、立ち直って。写真はどうにかする」

初音の肩を叩き、元気づけた。初音は強張った顔で頷いたものの、言葉を発しなかった。自殺未遂をして以来、父も母も初音の行動に怯えている。母に至っては、自殺などされたら困る、と露骨に愚痴をこぼしていたくらいで、初音にはすっかりよそよそしくなった。晶は正直に言えば、あれは初音のデモンストレーションであって、本気で死ぬ気はなかったと思っているが、そう言うと冷たい人間に思われそうなので黙っておいた。初音は元から自分のわがままを押し通すために大胆な行動に出ることがある。あの時晶に拒否されたのがショックで、自殺未遂の真似ごとをしただけに思えてならなかった。

「明日も仕事だからもう寝るよ」

父母と話し合ったあと、晶は疲れを感じて二階に上がった。章文に抱かれて、腰がだるかった。早く眠りたい。

「お兄ちゃん」

階段を上りきった辺りで初音が追いかけて背中に抱きついてきた。初音に密着され、身体が緊張する。部屋の前で立ち止まった晶に、初音がまわり込んで見つめてきた。

「……石鹸《せっけん》のにおいがする。シャワー浴びてきたの？　どこで…？」

また、あの目だ。ぎらぎらした獲物に食いつく前の獣の目。憎しみすら感じさせるその瞳に、晶はぞっとして目を逸らした。

「初音には関係ないよ」

突き放すような口調で告げて、初音の腕をやんわりと解いた。常にない冷たい口調に初音の顔が歪み、キッと晶を睨みつけて部屋へ戻っていった。派手な音を立ててドアが閉まる。

自分の部屋に鍵《かぎ》がほしいと頭の隅で思いながら晶は部屋のドアを開けた。


梅雨《つゆ》の時期は来館者の数も少なかった。事務室で事務仕事をこなしていた晶《あきら》は、先月の売上やもろもろの資料を東田《ひがしだ》にメールで添付し送ったあと、館内を見て回った。

久緒《ひさお》が現れたのは閉館間際だった。珍しくスーツ姿で、髪を撫《な》でつけている。折り入って話があると言われ何ごとかと思ったら、持っているからくり人形を寄贈したいと言い出した。

「あれからよく考えたんだが、俺の部屋で埋もれているよりはこういった博物館に寄贈したほうがいいんではないかとね。どう思う？　内野《うちの》さん」

ロビーの椅子《いす》に腰を下ろし真剣な顔で告げる久緒に、晶はつい苦笑してしまった。確かに久緒の部屋に置いておいたら宝の持ち腐れとは思う。

「一体どんな物をお持ちなんですか？」

前回修理したオートマタを思い出せば、それなりの品が出てきそうだ。晶が興味津々といった顔で聞くと、胸を張って久緒が喋《しゃべ》り出す。話を聞くだけでもけっこうな所持品だ。晶はそういうことなら、と久緒を待たせて事務室からオーナーの東田に連絡を取った。現在北海道《ほっかいどう》に旅行に出かけている東田と連絡が取れ、久緒の話をすると、ありがたい申し出だから受けるようにとお達しがあった。

「館長もぜひにと言ってました。要望があるなら何でもおっしゃってほしいと言ってますが、何かございますか？」

ロビーに戻って東田の言葉を告げると、久緒の顔に満足げな笑みがこぼれる。

「要望か、そうだね。とりあえず今から内野さんとデートがしたいかな」

「久緒さん…」

「あ、そんな冷たい目で見ないで。デートはともかく、ちょっとうちまで来て、寄贈品を選別してほしいかな。中にはほろほろのもあるし」

そういうことなら、と晶も頷いて、事務室に戻り直帰すると事務員に告げて帰り仕度を始めた。薄手のコートを羽織り、久緒と建物の入り口で待ち合わせする。外は雨が降っていて、肌寒い。

「久緒さん、どうぞ」

今まで知らなかったのだが、久緒は車で来ていたらしい。からくり人形館には駅から近いという理由で駐車場所はないので、近くのパーキングに停めていたのだろう。雨に濡《ぬ》れた黒い車が入り口の前に停まり、晶は傘を畳んで助手席に滑り込んだ。

「申し訳ありません」

シートベルトを締めて運転席の久緒を見ると、にこやかに笑って車をゆっくりと発進する。車で来ていたのなら、持ってきてくれればいいのにと思わないでもなかったが、久緒はスーツ姿だし、どこかに寄った帰りなのだろう。

「スーツ姿の久緒さんは初めて見ました」

何気なくそう告げると、久緒が笑って晶を見る。

「雑誌のインタビューがあってね、スーツ着ろって編集さんから頼まれたんだ。けっこういいホテルだったから。でもそんなことより、大変なんだよ。この前考えたからくりのアイディア、もうすでに使ってる作家がいたんだ！　くそぅ、先を越された」

憤慨している久緒はどこか子どもっぽくて、つい笑みがこぼれる。不器用な面を知ってしまったせいか、久緒を見ると大きな子どもに見えて仕方ない。

「からくりで人間を殺すなんて怖いこと考えた人が、他にもいるんですか？」

シートにもたれてメガネの汚れを拭《ふ》き取り、呆《あき》れて笑う。久緒は安全運転で好感がもてる。

「からくりで人を殺す方法なんていくらでも思いつくよ。大きくなくてもね。そうそう、そういえば――この前の人って、恋人？」

笑い声にまぎれて、するりと嫌な質問が投げかけられる。浮かべていた笑みを引っ込め、晶はメガネをポケットに入れ、前を見た。

「友人ですよ。男だったでしょう？」

「そうかな。内野さんくらい綺麗《きれい》なら男でもアリでしょ。それにものすごい目で俺を見てたよ、君の彼氏は相当嫉妬《しっと》深い」

赤信号で停車したせいもあり、ニヤニヤして久緒が晶を見る。言葉に詰まって晶はため息を吐《つ》いた。

「……だとしても久緒さんには関係ありませんよ」

隠しても無駄かもしれないと思い、抑揚のない声で告げた。変なところで鋭い久緒の追及を交わすには、相手に興味を失わせるしかない。

「じゃあ、あの写真の人って何者？」

車は大通りに出て路面の水しぶきを跳ねていく。ワイパーが動き続けるのを眺め、晶はこめかみに手を当てた。

「久緒さん…」

「教えてくれたら、すごい面白い情報教えてあげるのに」

さらりと言われた言葉に、引っかかりを覚えて晶は運転席を見た。久緒の顔は楽しげで、一体どんな情報をひけらかすつもりなのか皆目見当もつかない。

「……すごい情報って、どれくらいすごいんですか？」

久緒の情報にどれだけの価値があるか計れない。喋るだけ無駄かも。晶は探るように久緒を見つめ、目を細めた。

「君がびっくりするかも？　実のところ俺もよく分からないんだけどね。もしかしたら知ってるかもしれないし。何しろ内野さん、何も教えてくれないから」

ちらりと晶を見つめ、久緒がほくそ笑む。情報というのが気になった。あれから弁護士に同行してもらって原川《はらかわ》のアパートを何度か訪ねているのだが、居留守を使われているのか姿が見えない。直接出向いたことで恐れをなしているのだろうか。どちらにせよ写真を取り戻さねば話にならないから、交渉できないのは困っていた。勝手に押し入るわけにもいかないし、押し入ろうにもスキルがない。久緒に話すか悩んでいるうちに車は小道に入り、一軒の白いレストランの地下駐車場へ滑り込んでいった。

「とりあえず以前約束してたお茶しない？」

にこやかに笑んで久緒が車を停める。強引なやり方に少々呆れたが、苦笑して晶も車を降りた。

久緒が連れてきてくれたのはバルコニーのある白い北欧風の造りをしたレストランで、チーズが美味《おい》しい店だという。扉をくぐると奥の個室に案内され、久緒が勝手にチーズフォンデュを注文している。お茶どころか少し早い夕食を食べる羽目になった。

「それで、あの写真の男に何されたの？」

店員がいなくなり二人きりになると、身を乗り出して久緒が尋ねてきた。さすがに根負けして晶は人目を気にして目を伏せた。

「誰にも言いませんか？」

「もちろん！　ていうか言う友達もいないし…」

小さな呟《つぶや》きに晶が目を丸くすると、恥ずかしそうに久緒が咳払《せきばら》いする。

「作家というのは孤独な作業なのだよ。ずっとパソコンの前でうんうん唸《うな》ってるだけさ。ほとんど引きこもりと言ってもいいくらい。おかげで友達ができなくて寂しい思いをしているというわけだ。恋人にいたってはは言わずもがなだよ。内野さんとこうして知り合えたのも何かの縁。

「恋人ができないのは、あの汚部屋《おべや》のせいじゃないんですか?」

「俺のことはどうでもいいんだよ。さ、それよりあの男に何をされたか教えてくれ。ことと次第によっては手を貸すから」

真剣な顔で見つめてくる久緒に驚き、晶はどこまで話していいものかと頭を悩ませた。はっきり話すのはやはりまずい。

「俺の知り合いがその男に拉致《らち》されたんです」

考えあぐねた末に、妹というのは伏せてそう切り出した。久緒の顔にも衝撃が走る。

「無事に戻ってきましたが、ちょっと取り返したい物があって…」

言葉を濁して晶が告げると、久緒が真面目な顔で考え込む。

「……卑猥《ひわい》な写真でも撮られたの?」

久緒の言葉にどきりとして息を呑《の》む。何も言っていないのに、当てずっぽうだろうか。晶の顔色を見て図星と分かったらしく、久緒が唇の端を吊《つ》り上げる。

「ちょっと考えれば分かるよ。犯人の顔も分かっているのに警察に行かないなんて、どうみてもおかしいだろ。だから脅しになるようなものをそいつは持っているってことだ。ところで内野さん……、その知り合いって君のこと、じゃないよね?」

探るように見つめられ、思わず笑い出してしまった。

「俺は男ですよ、裸の写真を撮られたって、別に困りませんよ」

「あ、そう。それならよかった。でも、内野さん。男だって卑猥な写真くらい撮れるだろ。社会的な立場があやうくなる写真くらいさ…」

久緒に言われて、そういえばそのとおりだと思い何となく顔を赤らめた。前に章文《あきふみ》に抱かれた時、縛られた姿を撮られたのを思い出したのだ。

「と、ともかく俺じゃないので…」

久緒の疑惑を否定したのと同時にドアが開き、店員が料理を運び入れてきた。食材の皿とは別に茶色い鍋《なべ》にとろりと溶けたチーズが湯気を立てている。コンロに火をかけ、鍋を設置すると店員が去って行った。

「チーズって美味《うま》いよね」

ころりと表情を変えて、久緒が嬉々《きき》として串《くし》にパンを刺していく。話は一旦《いったん》中断となり、久緒とチーズフォンデュを楽しんだ。濃厚なチーズをパンに絡め、熱々でいただく。久しぶりに食べたが美味だった。久緒は子どもみたいにウインナーとパンばかり食べている。変な男だと思いながら野菜を減らしていった。

チーズも美味かったが、ワインも美味い。チリ産の白ワインはチーズにぴったりで、晶も食が進んだ。久緒は車の運転があるので飲めないのを残念がっていた。

「知り合いって、内野さんの女友達？　それとも姉か妹？」

あらかた食べ終わったところでふいに久緒が話を戻してきた。食べている間最近観た映画の話をしていたくせに、抜け目なく頭を巡《めぐ》らせていたらしい。

「ふつうなら恋人かなって思うけど、内野さんの恋人ってあの怖い彼氏でしょ。そうすると身近な女性ってことだものね。男の写真撮られたって困らないって言ったくらいなんだから、拉致されたのは女で決定だし」

「……妹です」

もう隠すのも馬鹿らしくなって晶は小さな声で呟いた。少し話しただけで次々当てられて、久緒という人間が薄気味悪くなった。ミステリーなど書いているせいだろうか。

「妹さんか、内野さんの妹ならさぞかし綺麗なんだろうね」

夢見るような顔つきの久緒に曖昧《あいまい》な笑みを浮かべ、晶はワインを口に含んだ。

「ところで誘拐されて無事に戻ってきたってことは、お金払ったの？　いくらくらい？　大金もらったわりに、あの男あのボロアパートから引っ越していないようだけど…」

「お金ではなくて…」

返答に窮して晶は目を泳がせた。喋れば喋るほど裸にされていく気分だ。ここまできたら全部話しても同じかもしれないと思い、晶は重い口を開いた。

「この前会った……彼、は本当はもうすぐ結婚するはずだったんです。犯人から電話があって、妹を無事に返してほしければ、その結婚をやめさせろって…」

「え？」

ぽかんとして久緒が目を見開く。

「あの男を割り出せたのも、その……彼と結婚する予定だった女性にストーカーってのがいて…そいつじゃないかと思ったからなんで…」

「ちょ、ちょっと待って！」

意味が分からないと言いたげに久緒が両手を振り回す。

「何であの怖い彼の結婚をやめさせるのに、君の妹を誘拐するの？　話がぜんぜん見えないんだけど。すごい回りくどいよね？　第一結婚するはずだったって、それじゃ君は？　愛人だったの？」

「そうじゃなくて…。その頃にはつき合ってなかったし…」

混乱している久緒に順を追って説明した。高校生の時につき合っていたのを知っていて犯人が晶に命じたのではないかというと、久緒は一瞬納得しかけたが、髪を掻《か》き毟って首を振った。

「待った、待った！　今、すごい勢いで考えている」

呻《うめ》くように久緒は呟き、目を閉じて黙り込んだ。久緒に否定されて晶自身も分からなくなってきた。確かにあの時も久緒の言うとおり、何故《なぜ》わざわざ自分に、と思った。結果的に章文が婚約を破棄したのでそちらのほうに意識がいってしまったのだが。

「……やっぱり、おかしい」

長い間悩み続けた末に、久緒が顔を上げて目を光らせた。

「そいつがストーカー君だとしても、結婚をやめさせたいならその彼女か彼氏じたいを拉致すればいいだけだ。君の彼氏強そうだから躊躇《ちゅうちょ》したとしても、女を攫《さら》えばいいだけなんだから。俺は今すごい結論に辿《たど》り着いたよ。内野さん」

上擦った声で久緒が呟き、指を鳴らす。

「こういうのは最終的に得をしたヤツが犯人なんだ。もう分かるだろ、この騒動で得をしたヤツ…」

「え…っ？　誰も得なんて…」

いぶかしげに眉《まゆ》を顰《しか》め、晶は怖いものを見る気分で久緒を見返した。一体何を言う気なのだろうか？

「――いるじゃないか、君の彼氏」

さらりと恐ろしい発言をされ、ぎくりと身体が震えた。まさか、と吐き捨て、晶は唇を歪《ゆが》めた。

「章文は被害者でしょう、結婚を破棄したことでキャンセル料も大変だし、いろんなところに頭を下げなきゃならなかったし…」

「でも君を手に入れた」

淡々と告げられ、晶は黙って久緒を見た。

「そんなもの得でも何でもないでしょう…」

「どうして？　何としても君をほしいと思ったら、十分得じゃないか。だって、こんなことでもなければ君はその章文さんとはつき合わなかったんだろ？」

「それは……確かにそうですけど…」

ざわりと胸が不安に揺れて晶は唇を閉じた。

章文が犯人――久緒の推理はめちゃくちゃで否定したくてたまらない。けれどどこか心の片隅で小さな疑惑が芽生え始めた。もしかしたら章文がすべて仕組んだのだろうか。初音《はつね》を拉致されたと連絡を受けて章文のマンションへ行った時、章文はどんな様子だっただろう。自分が混乱していたから、思い出せない。でもとても演技をしているふうには見えなかった。それに仮に章文が犯人なら、あの原川という男と結託したということになる。自分がつき合っていた女性をつけ回していたストーカーと手なんか組むだろうか？

そして何よりも、一番の疑問が残る。

「……でも章文は、初音を拉致するような真似はしないと思う…」

高校生の時から友達だった章文のことは、よく知っている。章文はか弱い女性を拉致させて平気な男ではない。それだけは絶対だ。初音とは仲が悪かったのは知っているが、犯人と結託して初音を誘拐したなんて、考えたくない。

「じゃあ、俺の知ってる情報を教えよう」

ジュースを飲み干して久緒が潜めた声で呟く。怯《おび》えた顔で晶は久緒の唇を見つめた。

「……この前、最初に君がうちに来た時…。ロータリーで乱闘さわぎがあったって言ったろ?」

鋭く見据えられ、晶はどきりとした。

「え、ええ。それが何か…?」

少し間を空けて久緒が呟く。

「写真の男が君の彼氏に殴りかかっていた。写真の男は、すぐに取り抑えられ、警察に引き渡されていたけどね」

すっと青ざめて晶は拳《こぶし》を握った。章文と、原川が喧嘩《けんか》していた——と言うのだろうか。そういえばこの前会った時、章文の顔には痣《あざ》があった。

「で、でも章文はストーカーを追い払ったことがあるって…。だから、恨まれていてもおかしくはないんじゃ…」

目を逸《そ》らし、必死に言葉を探す。困った顔で久緒がとどめの言葉を放った。

「写真の男は取り抑えられて、しきりにこう言っていた。——約束が違う、約束が違う、ってね」

久緒と別れてからも頭の中は章文のことでいっぱいだった。晶があまりに狼狽《ろうばい》したせいだろう、からくり人形を寄贈するのは後日にすると久緒が言ってくれた。

車で自宅マンションまで送ってもらい、晶は気分を落ち着かせようとキッチンに向かった。水を飲もうと思ったのだが、キッチンの傍《そば》にあるカウンターの人形が目に留まり、コインを入れてからくり人形を動かした。出てきた青いセロファンを開いて口の中に放り込んだ。

舌の上で甘さが広がり、唾液《だえき》によって溶けていく。

晶は心が鎮まるのを感じ、ソファに腰を下ろした。

章文が初音の事件の首謀者だというのはやはり未だに信じられない。信じたくないのかもしれない。晶の知っている章文は卑怯《ひきょう》な手を使う人間ではなかった。いつの間にか変わってしまったのだろうか。それともそうさせてしまったのは自分なのだろうか。

章文がそれほどまでにして自分を欲していたとしたら——考えても分からなかった。自分自身にそれだけの魅力があるとは思えない。顔がいくら整っていても、心の中はこんなに荒涼としているのに。心がないのだ。生きていても喜びや楽しみ、愛情といったものを理解できない。上辺だけの優しさなら簡単にできるのに、真の愛情を他人に持てずにいる。そのくせ人から嫌われるのも嫌で、非難されそうな行為だけは避けて通る。

弱くてずるい生き物だ。初音が拉致されて懸命に動いてはいても、その裏側にあるのは自分のせいで妹が死んだら困るという自己保身的な気持ちからだった。

章文は晶がそこまで動くと分かっていて、仕掛けたのだろうか?

もし晶が電話を聞かなかったことにしたら、どうするつもりだったのだろうか。

(考えても埒《らち》があかない)

ため息を吐《つ》いて晶はソファから立ち上がった。

まだ章文が首謀者と決まったわけではない。久緒の推理を否定するためには、直接章文に問い質《ただ》すのが一番だろう。

けれど、もし章文が認めてしまったら――。

その時どうすればいいか、晶にも分からなくなっていた。


重苦しい気分で章文のマンションへ行くと、章文はまだ帰宅していなかった。携帯電話でメールすると、『入って待ってろ』という返事がくる。どうしようか迷ったが、部屋には入らずエントランスで待った。部屋で待っていたら、きっとまたセックスにもつれこむ。冷静に話し合うには、外のほうがいい。

エントランスの郵便受けがずらりと並んだ辺りで章文を待った。

――植え込みの辺りに人影を見つけたのは十分くらいしてからだ。背中を丸めた男が、まるで身を隠すように木の陰に身を潜めていた。訝《いぶか》しく思いじっと見ていると、男の横顔に鳥肌が立った。

原川に似ている。いや、間違いない。ずいぶんくたびれたジャケットを着ているが、何度も見たあの写真の男だ。ぎらついた目でマンションに近づく人間を観察している。もしかしたら晶がこのマンションへ入る時も監視していたのかもしれない。胸がざわついて晶はエントランスの窓ガラスから原川を凝視した。手に何か持っているようだ。

（……ナイフ？）

目を凝らして原川を見つめ、晶は鼓動が速まるのを必死に抑え、携帯電話をとり出した。警察に電話をかけ、小声でマンションの近くにナイフを持っている男がいると通報する。すぐに駆けつけると警察の人が答え、晶は電話を切った。

（あ…っ）

どきりとして晶はマンションから飛び出した。スーツ姿の章文がマンションに近づいてくるのが目に入ったのだ。原川の狙《ねら》いは章文に違いない。とっさにそう判断し、エントランスから飛び出した。だがそれよりも速く原川が植え込みから姿を現し、ナイフを振りかざして章文に躍りかかるのが分かった。

「章文！　危ない!!」

悲鳴に近い声で叫ぶと、ハッとして章文が向かってくる原川に顔を向けた。

「畜生、畜生っ」

原川が奇声を発しながら、章文に飛びかかる。章文は持っていたバッグを原川に投げつけ、相手の動きをわずかに止めて、原川の手からナイフを奪い取ろうとした。

「やめろ…ッ」

追いついた晶が原川の腕を摑《つか》もうとすると、邪魔だと言わんばかりに原川がナイフを振り回してきた。

「痛…ッ」

ぎりぎりで避けたつもりだが、腕に熱いものが迸《ほとばし》り、腕を切られた。飛び散った血を見て章文の顔色が変わり、原川の顔面に思いきり拳を叩きつける。よろけたところへ強烈な蹴《け》りを入れられ、原川が鼻血を出して地面に引っくり返ったのが見えた。

晶は衝撃によって手から落ちたナイフを慌てて拾って原川から遠ざけた。

「てめぇ…」

章文は怒気を孕《はら》んだ声で、地面に倒れた原川の胸倉を摑んだ。

「ひぃ…っ」

悲鳴を上げる原川の顔を章文が殴りつける。肉のひしゃげる音に晶は顔を歪め、息を呑んだ。

章文の容赦ない行為に熱が引いていく。

「章文、もういい‼　それ以上は…っ」

原川を殴り続ける章文の腕を掴み、これ以上の暴力をやめさせようとした。ちょうど警察官が駆けつけたので、章文を原川から引き離すように引っ張った。引っ張る時に気づいたのだが、章文の手が震えている。

「大丈夫ですか⁉」

二名の警察官が駆け寄り、晶はナイフを差し出して事情を説明した。ともかく署まで来てくれと言われ、同行しようとしたが、シャツの袖《そで》に血が滲《にじ》んでいるのに気づいた警察官から、先に病院へ行ってくださいと言われた。傷は浅く放置しても平気だと思うが、逆らわずに晶は頷いた。

「晶……」

章文は血で汚れたシャツを見て、青ざめた顔をしている。章文は病院に付き添いたい素振りを見せたが、警察官から事情を聞きたいからと言われ、連れて行かれた。

晶はタクシーで近くの病院に行き、傷の手当てをしてもらった。あまり痛みを感じなかったので、浅い傷だとばかり思っていたが、何針か縫う怪我《けが》だった。切りつけられた痛みより、治療のほうが痛い。三角巾《さんかくきん》で左手を吊るし、章文が気になったのでどうなったのか電話をしてみた。ちょうど警察から解放されたところだというので、病院の待合室で落ち合うことにした。

三十分くらいした頃だろうか。やつれた顔で現れた章文は、晶の様子を見て顔を強張《こわば》らせた。

「たいした傷じゃないよ」

章文が口を開ける前に晶が告げると、章文はぐしゃぐしゃと髪を掻き乱す。

「……すまない」

苦しげに吐き出された言葉に、聞くなら今しかないと感じた。章文の苦渋に満ちた顔を見れば、何かを後悔しているのがありありと見てとれた。午後十時を回って、待合室は人気がない。長椅子《ながいす》に腰を下ろした章文を見つめ、晶は静かに切り出した。

「原川勧《すすむ》だろ、あの男…。愛《あい》さんをストーカーしてたって聞いた。この前、ロータリーで喧嘩になったそうだね」

低い声で知っている事実を突きつけると、章文の顔にそれほど変化はなかった。ひょっとしたら章文が首謀者だというのは、まったくの勘違いなのかもしれないと淡い期待を抱いた。

「初音を誘拐したのは……章文なのか？」

晶の問いに初めて章文の身体が強張る。

「あの男をけしかけて初音を誘拐したのは、……君、じゃないよね…？」

潜めた声で問いかけると、章文は深い吐息を吐いて目を伏せた。

「……そろそろ潮時だったよな」

やるせない口調に晶の胸がどきりと震える。

「――そうだよ、俺が仕組んだ」

章文が顔を上げ、眉一つ動かさず晶を見つめて答える。章文は明日の予定でも答えるみたいに、あっさりと言い放った。半ば分かっていたとはいえ、章文が認めたのはショックだった。嘘だ、まさか。思わずそんな言葉が飛び出しそうになった。晶の知っている章文は、そんな卑《ひ》劣《れつ》な真似ができる人間じゃない。いつの間にか変わってしまったのだろうか。それとも、自分はずっと騙《だま》されていたというのか。

晶は動揺して章文を凝視した。

「もう別れたっていうのに、原川のヤツ…まだ愛が俺のことを好きだと思い込んでやがる。この前あんな場面見せてやったんだ、愛に未練なんかないだろっていうのに…。本当に頭のおかしいヤツだよ。しつこく俺をつけ狙って」

顔を歪め、章文が吐き出すように告げる。暗い響きを持った言葉に、晶は目が離せなくなって息を呑んだ。

「ど…どうして、こんな真似を…？」

章文を非難すべきだと頭の隅では分かっていても、今は冷めた眼差しをする章文の雰囲気に呑まれていた。平常心を失っているのは晶だけで、章文は見苦しく誤魔化す様子もなく、淡々と語っている。

「どうして？　お前が欲しかったからに決まってるだろう」

低い声で呟かれ、晶は鼓動が速まるのを感じた。章文は物憂げな顔で床に目を落とし、髪を掻き上げる。

「愛には悪いことをしたよ、もしお前が俺と抱き合うのを心底嫌がっているようだったら、一度だけで終わりにするつもりだった。まさかお前があんなふうに乱れるとはな…。何もかも俺の想像とは違っていた。お前を手に入れて……、有頂天だったのは最初だけだ。お前とセックスするたび、俺は自問自答していたよ。俺は本当に、これが欲しかったのか？　ってね」

章文の言葉が胸の奥深くに突き刺さる。章文はだるそうな顔でちらりと晶を見つめ、唇を歪めた。

「ろくに会話もない、セックスだけの関係だ。お前は乱れるけど、俺の心は冷めていった。やる前は身体だけでもいい、欲しいと思っていたけど、実際身体だけになったら虚《むな》しくてたまらない。結局お前の気持ちを得るなんて無理だったんだ。お前は会った時から、感情のない彫像のようだったよ。どんな言葉も上辺だけで、素通りしていく。お前に熱が灯《とも》るのは、俺がお前を手ひどく扱った時だけだ」

鼓動が痛いほどに鳴り響いていた。隠していたと思っていた胸の奥底にあるものを、章文が知っていたのが恐ろしくて仕方ない。もう黙ってくれ、と叫びたいのと同じくらい、もっと話してくれと願っている。

「理由は分からないが、お前は優しくされても喜びを感じない。冷たく蔑《さげす》まれると、安心する。お前を喜ばせようと思ってつき合ってやったけど、もういい加減限界を感じてた。俺は好きな相手にひどい言葉を投げかけて喜びを感じる嗜好《しこう》はないんだ。縛るのも……最初にやり始めた俺も悪かったけど、毎回ねだられるとつらい。マゾヒスティックな嗜好を満足させたいなら他を当たってくれ。俺は……もう嫌になった」

淡々と告げて章文が深いため息を吐いた。

章文が告白する間、晶はほとんど何も言えず息を呑むしかできなかった。

「お前を騙したことは謝るよ。許せないなら、何でもいい好きにすればいい。慰謝料がほしければ好きなだけ出すよ」

晶の答えを待つように章文がしばらく見つめてきた。

けれど晶は何も答えず、ただ固まって章文を見つめるしかできなかった。何か言うべきだと思っても、頭が真っ白で浮かんでこない。怒りはなかった。不思議なほどに怒りは湧《わ》いてこなかった。自分を騙し、身体を要求した相手なのに。憎しみもないし、軽蔑する気もない。

一方で、自分でも信じられない感情が湧いてきた。

初めて、章文と離れたくない、と思ったのだ。

「……もう、行く」

無言で硬直している晶にやるせない笑みを浮かべ、章文が立ち上がった。追いかけるべきなのか、このまま見送るべきなのかそれすらも分からなくなっていた。何故章文に去ってほしくないと思ったのか理由が分からない。自分と妹を騙したひどい男なのに。それなのに去って行く章文の背中を見て、すがりつきたいような得体の知れない感情に包まれた。

ただ一つ分かっているのは、章文が自分との行為に嫌気を感じていたということだけだ。もうつき合いきれない、とはっきり言われた。

信じられないくらい、重い言葉だと感じた。章文の姿が消えると、胸の奥に暗く重い塊がずどんと落ちてきた。

しばらく立ち上がれないくらい、ショックな言葉だった。

深夜近くに帰ってきた晶の怪我を見て、父も母も驚いて目を丸くした。喧嘩の仲裁に入って切られたと話すと、二人とも呆然《ぼうぜん》とした顔つきになる。二階から下りてきた初音に聞かせるように、原川が章文のマンションに押しかけて入口でナイフを振り回したと告げる。とたんに初音の顔色が真っ青になり、晶から視線を逸らした。その顔を見て、すべての疑問が解けた。

「初音、話がある」

この場から逃げ出そうとする初音の腕を摑み、二階の晶の部屋に強引に引っ張り込んだ。初音はおどおどした顔で、しきりに床を見つめていた。

「初音、正直に言いなさい。お前、——本当に拉致されたのか?」

ベッドに初音を座らせて硬い声できり出す。単刀直入な質問に、初音の肩がびくりと震える。章文がたとえ晶を手に入れるためとはいえ、無関係の初音に危害を加える真似をするとは思えなかった。けれど、もし仮に、初音もぐるだったとしたら――すべて納得がいく。

「本当は誘拐なんて、なかったんじゃないか？」

厳しい声で突きつけると、わっと初音が泣き出した。

「あたしが悪いんじゃないもん、あたしのせいじゃない――」

ベッドに顔を伏せて泣き出した初音に、目眩《めまい》を感じた。初音が認めたことで、ようやく事情が呑みこめてくる。

「……章文たちと結託して、俺を騙したのか？　俺だけじゃない、父さんも母さんも本気で心配していたんだぞ!?」

「しょうがないじゃない!!　お母さんは見合い話なんてもってくるし、お兄ちゃんは離れていこうとするし…っ、あ、あたしだって章文さんがあんな誘いしなければ、乗らなかったわよ…っ、悪いのは章文さんでしょ!?」

ヒステリックに叫び出す初音に頭痛を覚え、晶はベッドの縁に腰を下ろした。

「最初から話して。怒らないから…」

ハリネズミのように警戒心を示す初音に、なるべく冷静な声で問いかけた。初音はしばらくぐずぐずと泣いていたが、観念したのか口を開き始めた。

「あたし、章文さんがお兄ちゃんを好きなの知ってた…。あたしもお兄ちゃんを好きだったから…初めて会った時からお互い分かってたよ。でも章文さん、結婚するって言ってたでしょう。諦《あきら》めるんだなって思ったら、皮肉の一つも言ってやりたくなって、会いに行ったのよ…。清々するわって笑ってやったわ…」

初音の行動に半分呆れたものの、晶は無言で話を聞いた。

「そうしたら、章文さん…どうせお前にも勝ち目はないだろって馬鹿にするの。すごく悔しくて、お兄ちゃんはあたしを好きになってくれるって言い張った。その時に誘拐の話が持ち上がったのよ。あたしが誘拐されて、犯人の要求を何でも呑むなら、認めてやるって。あたし自信があったから受けたわ。原川って男のところで、わざと捕まったみたいな格好して写真を撮ったの。経過を見守ってたら、びっくりしたわ…。本当はお兄ちゃんの職場から、お金を持ち出せって要求だったのに、ぜんぜん関係ない要求を言い出したでしょ。はめられたって思ったけど、もうどうにもならなかった」

憎々しげに初音の顔が歪む。章文にまんまと騙されてひどく憤っているのが分かった。

「……裸の写真は、撮られていないんだね？」

念のために晶が問うと、こっくりと初音は頷いた。嘘を吐かれたのは腹が立つが、変な写真を撮られていないのは安堵《あんど》した。

「あたし、家に戻ってもどうしていいか分からなかった。お兄ちゃんを章文さんにとられるって思った。だから必死だったのよ、どうにかしてお兄ちゃんを振り向かせようと、部屋の中で考え続けた…。何で要求を呑んでくれたのに、お兄ちゃんをとられるのか分からない、もう頭がおかしくなりそうだった…っ」

「家に盗聴器を仕掛けたのは…お前なんだね?」

何もかもが呑み込めて、確認するように問いかけた。おかしいと思っていた。犯人がいつ実家に忍び込んだのか——初音のしわざなら答えは簡単だ。

「そうよ…あたしがやった…」

初音の話を聞き、帰ってきてからずっと様子がおかしかった理由がやっと分かった。引きこもり状態になったのも、何とかして晶に自分のわがままを押し通すためだったのだろう。晶の家で二人暮らしすることに固執したのも、二人で暮らし始めればうまくいくと安易に考えた結果かもしれない。素直に承諾しないで本当によかった。もし二人で暮らし始めていたら、もっと泥沼化していただろう。

それにしても章文といい初音といい、そこまで自分にこだわる理由が分からなかった。初音に関していえば幼い頃に怪我を負わせ、罪悪感も手伝って甘やかしたのが原因といえば原因だ。歪んだ関係を続けた晶にこそ咎《とが》はある。

もういい加減、はっきりと分からせなければならない。

「初音、言わなきゃ分からないなら言ってやるよ。……俺がお前に家族として以外の愛情を持つ日なんて、こない」

そっけない声で晶が告げると、初音がサッと顔を強張らせる。

「永遠に。期待するだけ無駄だ」

初音の目を見つめ、切り捨てるように言い放った。初音の目に涙が盛り上がり、唇が震える。

「でも…でも…あたしは…」

いつも泣かれるたびに気持ちとは裏腹に優しい声をかけていた。欺瞞《ぎまん》だ。関係を悪化させて、軋轢《あつれき》を作りたくなかっただけだ。

「俺はずっとお前が鬱陶《うっとう》しくてたまらなかった。好きじゃないんだ。お前の顔に傷を残してしまったから我慢してたけど、本当は勝手にマンションに上がってくるのも嫌だった。もういい加減俺から離れろ」

今まで溜《た》め込んでいた思いをぶちまけると、初音がわなわなと身体を震わせ激しく泣き始めた。その姿から目を逸らして立ち上がり、晶は部屋を出て一階に下りた。父も母も初音の泣く声が聞こえていたらしく、心配げな顔で階段の下から様子を窺《うかが》っていた。リビングに戻り、大雑把《おおざっぱ》に初音の話をした。二人とも嘘だったと聞かされ、脱力して腹を立てている。理由についてはあえて説明しなかった。聞きたいなら初音に直接聞くだろう。

「俺、しばらく初音から離れるよ」

晶がそう宣言しても、父も母も反対しなかった。そのほうがいいと思ったのだろう。もう夜も更けていたが、ここにいる気分になれなくて、タクシーを呼び寄せて晶は実家から自分のマンションへ向かった。母は腕の怪我を心配していたけれど、利き腕ではないので一人でも平気だろう。

「今夜はじめじめしますね」

夜道を運転しながらタクシーの運転手が呟く。そうですね、と返し、晶はシートにもたれた。

急に小さな笑いがこみ上げて、驚いた。

信じられない話だが、実の妹に本音を吐露して、驚くほど気分がすっきりしていた。長年のもやもやが解消された不思議な気分だ。血の繋がった兄妹なのに、本音で話すこともできずにいたのだ。初音には悪いと思っているものの、長い間まとわりついていた執着の糸が切れて楽な気持ちになっていた。

初音が自分を好きなのは当たり前だ。何でも聞いてくれる優しい兄。そんな仮面を被っていたのだから。事実はまったく違うというのに。

車窓から満月が雲におおわれていくのが見えた。章文のことを思い出し、これからどうすべきか悩んだ。悩む必要はないのかもしれない。いくら初音とぐるだったとはいえ、晶を騙したという点では晶も同じだが、何ごともなく元の友人に戻るのは不可能だろう。

それに章文はもう自分をいらないと言った。

胸にぽっかりと大きな穴が開いた気がして、晶は目を凝らして月を見つめていた。

梅雨の時期が終わり、暑さがじわじわと迫っていた。七月上旬から来館者が徐々に増え始めている。夏休みには自由課題の一つとしてからくり人形を作る子がいて、たまに質問にやってきた。以前『親子で作るからくり人形』を企画したのが好評だったので、来月また行う予定だ。子どもたちがからくりに興味を持ってくれるのは純粋に嬉《うれ》しい。子どもと接触するのは疲れるが、これも仕事と思えば乗り越えられる。

晶は閉館まぎわの館内を見て回る途中で、ロビーのソファにくつろいでいる久緒を見つけた。久緒は貴重なからくり人形を寄贈したということで館長からフリーパス券をもらっている。いつでも好きな時に来てくださいと言われたわりに、見かけたのは久しぶりだった。お金を払って入場していた頃はしょっちゅう入り浸っていたくせに、無料で入れるとなったとたん足が遠のくのは不思議な現象だ。

「久緒さん、もうすぐ閉館ですよ」

四時の閉館時間を知らせようと久緒の肩を叩《たた》くと、ぼんやりした顔で久緒が振り返る。

「あ、もうそんな時間…」

物憂げに腕時計を見つめ、久緒がため息を吐く。

「どうしたんですか？」

元気のない様子の久緒が気になって隣に腰を下ろすと、足を組んで久緒が窓の外を見つめる。ロビーの窓は一面ガラス張りで、日本庭園が眺められる。久緒は組んだ足の上に両手を合わせ、大きく伸びをした。

「どこか遠くに逃げたい気分なんだよ」

やるせなさそうな表情で呟く久緒に晶は一瞬笑い出しそうになったが、目を伏せてこっくりと頷いた。

「ありますよね、そんな気分。俺もしょっちゅうそう思ってますよ」

最近はそれほどでもないが、以前はいつも自分という人間から逃げ出したいと思っていた。誰も自分を知らない場所で一から始めたい。そんな現実逃避ばかりしていた。

「……今は？　今、逃げたくない？」

久緒が晶に顔を向け、笑いをこらえるような顔で尋ねてきた。からかっているのかなと思いつつ、晶はメガネを外してシャツの胸ポケットにしまった。

「そうですね、けっこう逃げたいかも」

久緒の目を見て艶然《えんぜん》と微笑《ほほえ》むと、久緒がいきなり晶の手首を握ってきた。

「じゃあ、行こう！」

「え…っ？」

決意した顔で久緒が立ち上がり、晶の手首を摑んだまま歩き出す。つられて立ち上がった晶は、驚いた顔で久緒の手に引かれるままに足を進めた。久緒は半ば引きずるように晶を出口から外へ連れ出すと、関係者用の駐車場に停めてあった車に晶を押し込んできた。これも寄贈の特権で、本来なら館長しか使えない駐車スペースを使えることになっている。

「あ、あの久緒さん…」

運転席に座った久緒がエンジンをかけ、有無を言わさず車を発進する。遠ざかるからくり人形館を振り返り、晶は呆れて久緒を見た。

「俺、財布も何も全部置いてきてしまいましたよ？　携帯電話だけは持ってるけど――」

「お金の心配なら必要ない。実は少し前に出版された本がね、ドラマ化することになってけっこう実入りがあったんだよ。あ、そうだ君も読んでくれたっけ。『ニライカナイ』って本。俺は絶対『荒野燃ゆ』のほうが傑作だと思うけどね」

平然とした顔で告げ、久緒がスピードを上げていく。本気でどこかへ連れて行く気かと唖然《あぜん》としたが、五分もするとそれもいいかと気が変わってシートベルトを締めた。

逃げたい、というよりは、ただ遠くへ行きたかった。

鬱々《うつうつ》とした気を晴らすために、この場を離れたいと思っていたのだ。

「内野さんも元気なかったよね」

しばらくして高速に入ると、車のスピードは限界まで上げられていくのが分かった。安全運転をすると思っていた久緒だが、ハイスピードも平気らしい。

「やっぱり例の彼氏の話…。俺の推理当たってた？」

久緒の問いに苦笑して晶は勝手にラジオをつけた。

「あれはもう振られたからいいんですよ」

小声で呟いたがしっかり聞こえたようで、久緒が目を丸くして振り向く。

「君みたいな人も振られるの？　それじゃ俺なんかどう？　いや、実はこんなふうに連れてきちゃったけど、あの嫉妬深そうな彼氏に見つかったら大変かなと思ってたから」

ラジオから明るい声のＤＪが曲紹介をしているのが聴こえる。ちらりと久緒に目を向け、晶は唇の端を吊り上げた。

「久緒さん、男もいけるんですか？」

「君くらい綺麗ならいけると思う。あ、綺麗って禁句だった？　今すごい嫌そうな顔した」

「……そんな言葉が嬉しい男なんてあまりいませんよ」

シートにもたれ、晶は夕焼けに染まる空を見つめた。久緒はどこまで行く気だろうか。

「好きな相手を落とす一番有効な手段は、相手が振られたあとがいいんだよ。弱ってるから、優しい言葉が沁《し》みるんだ。褒め言葉もね、きっとぐっとくるよ」

「お言葉ですが」

頬杖《ほおづえ》をついて晶は笑みを浮かべて久緒に視線を向けた。

「好きではないけど、顔については昔から褒められ慣れてますよ。今さら何を言われても、ぐっとくるとは思えないな。性格については褒める要素が皆無ですからね」

久緒が口笛を吹いて笑い出す。

「内野さん、何だか前より地が出てきたね。開き直ったみたい。そういうの好きだな」

晶は戸惑ってハンドルを握る久緒を見つめた。傲慢《ごうまん》な言い方だと思ったのに、久緒は楽しげだ。

たとえばこの隣にいる男と恋をする。そんな姿を想像してみて、まるで現実感を伴わないのに苦笑した。それでも試してみれば何か変わるかもしれない。黙ってラジオのボリュームを上げて、晶は窓に視線を移した。

病院で別れて以来、章文とは連絡をとっていなかった。章文も電話もメールもしてこない。もしかして本当にあの夜、二人の関係は終わってしまったのかと思うと、自分でもびっくりするくらい傷ついていた。章文とつき合っていた時分は、この関係が終わってもそんなに自分は心を乱されないだろうと思っていたのに、ひどくショックを受けている自分に二重に驚いた。過去につき合ってきた女性との別れを思い出しても、悲しみより安堵、一人に戻れるという気楽さが勝っていた。

それなのに章文と終わった時だけは、心に穴が開いた気分だった。章文とのセックスを思い出し、もう一度抱いてくれないだろうかと想いを馳《は》せた。結局身体だけなのかもしれない。他の人と違ってセックスが良すぎたから、未練を感じているのだろう。

身体だけなら、章文を呼び戻すことはできない。晶と違い、セックスに苦痛を感じていたと章文は言った。晶に合わせていたのだろうが、確かに章文の性格からしたら相手を縛った状態で抱くのは気が進まなかったに違いない。

初音とは、あれからまだ顔を合わせていない。

気になって先週母に連絡をとってみると、一時は相当落ち込んだようだが、今は再就職して以前の生活をとり戻しているそうだ。晶の前で自殺未遂をした初音だが、やはりあれはパフォーマンス的なものだったのだろう。晶にきつい言葉で引導を渡され、また包丁を振り回されたら困ると思ったが杞憂だった。

晶は以前の生活をとり戻している。一人の部屋に戻り、穏やかな生活を送っている。

それが時々虚しくなるのは何故だろう。

晶にも分からなくなっていた。


久緒は伊豆《いず》まで車を走らせると、一軒の門構えも立派なリゾートホテルにアポイントなしで飛び込んでいった。平日とはいえ晶も名前を知っている有名な宿だ。無理じゃないかと心配したが、意外にもフロントの従業員はすんなり頷いている。どうやら宿の関係者に知り合いがいるようだ。

「お荷物お持ちしま…」

部屋を案内しようとした男性が、バッグ一つ持たない久緒と晶を見て言葉を呑み込む。晶は無理やり連れてこられたから当たり前だが、久緒まで何も持たないのにはびっくりした。ポケットからとり出した財布もあまり大金が入っているようには見えない。

「俺はいつもカード払いだから心配しないで。伊豆にはよくふらっと来てるから慣れてるし。ここは全室スイートだから、一人だと来にくかったんだよね」

晶の肩を軽く叩いて久緒が請け負うが、ふらっと来る距離ではないと思う。やはり変わった人だ。

全室スイートというだけあって、広々とした間取りに洗練された部屋へ案内された。壁が一面ガラス張りで、渓谷が視界に飛び込む。時刻はすでに午後七時を回っていて、ライトアップされた景色は綺麗だった。内風呂《うちぶろ》つきの豪華な部屋だ。室内はデザイナーが手がけたらしく、シャープな色使いで洒落《しゃれ》た置物が飾ってある。ウェルカムドリンクとしてシャンパンをもらい、景色を眺めながら久緒とグラスを空けた。

「クーラーが壊れたんだ」

二杯目のシャンパンを注ぎながら久緒が嘆かわしげに呟く。ソファに腰を下ろして景色を眺めていた晶は、目を丸くして横にいる男を見た。まさか久緒の元気がなかったのは、クーラーが壊れたせいだったというのか。

「直せばいいじゃないですか。お金はあるんでしょ？　こんな高いホテルにふらっと入れるくらいなんだし」

「お金はあるよ。でも部屋に修理屋さんを呼べないんだよ！」

額に手を当てて久緒が嘆きのポーズをとる。久緒の汚い部屋を思い出し、確かに呼べないかもしれないと笑い出した。

「だから今日は来館してたんですか？」

「そうだよ。涼しさを求めて」

あっさりと久緒が頷く。

「部屋の掃除をすればいいじゃないですか。今は業者に頼めば全部捨ててくれますよ」

至極当然の発言をすると、久緒が二杯目のシャンパンを一気に飲み干して、じろりと晶を見た。

「どうしてそんな正論を言うんだ。正論だけが人生じゃない、世の中にはもっと大切なことがあるはずだ。大体業者に大切な宝物を捨てられたらどうすればいいんだ」

「宝物って置き方じゃなかったですよ。がらくたって感じでした。あれが宝物なら、人間じゃなくてカラスでしょう。巣穴にぴかぴか光る物を集めてる感じ」

グラスに三杯目を注ぎ込んでいた久緒が、ふと晶の言葉に反応してボトルを下ろす。

「それいいね、その表現方法。ちょっとメモしとこ…」

久緒は携帯電話をとり出し、何やらメモしている。

「そういえば何で振られたの？　どうみてもあの彼氏が振ると思えないんだけど」

思い出したように久緒が話を振ってくる。晶はグラスを置いて、シャツのボタンを外し始めた。

「例の妹さんの事件にしても、君が怒って振るなら別だけど、彼氏から振られる意味が分からない」

「……食事の前に露天風呂、入っていいですか？」

久緒の質問を無視して、晶はシャツを脱ぎながら立ち上がり、備えつけのバスローブとタオルをとり出した。全室スイートと謳《うた》うだけあってテラスには各室に露天風呂が設置されている。

晶がテラスに出ると、久緒もシャンパンのボトルとグラスを抱えてついてきた。

「隠されると、余計に知りたくなるんだけど」

テラスのテーブルにボトルを置き、久緒が椅子に腰を下ろして問いかけてくる。晶は全裸になり湯船に浸かると、興味深げに自分を見つめる久緒にため息を吐いた。

「…性の不一致ってヤツですよ。つき合いきれないって言われました」

「へぇー」

目を丸くして久緒がグラスを傾ける。

「毎回縛るのは嫌だそうです」

晶が呟くと、久緒が飲んでいたシャンパンを噴き出した。激しく咳《せ》き込んでいる久緒に目を向け、そんなに意外だったのかと晶はもう一度ため息を吐いた。

「やっぱり俺はおかしいのかな…」

「い、いやごめん。ちょっとびっくりしたから」

久緒はシャツを濡らしてしまったらしく、何か呟きつつ部屋に戻っていった。ちょうど夕食の準備ができたという声がかかったようで、久緒はドアを開けてスタッフと話をしている。部屋に運ばれてくる食事をぼんやり眺め、晶は身体を洗って風呂から出た。バスローブを羽織って部屋に戻る。

食事はフレンチで、高級そうな味がした。あまり食欲はなく、好きなものを口にしただけで、久緒が注文してくれた白ワインばかり飲んでいた。酔ってしまいたいのに、なかなか酔いは回らない。それでもずっと飲み続けていたせいか、鎖骨の辺りが赤くなっていく。

「――ねえ、俺が縛ってあげようか」

食事も終わりかけた頃、久緒がじっと見つめて呟いた。

「久緒さんが…？」

久緒の言葉に戸惑っていると、久緒がフロントに連絡を入れて料理を下げさせる。手つかずの皿を下げていくスタッフを横目で見ながら、このあと本当に久緒とセックスするのだろうかと他人事《ひとごと》のように考えていた。章文以外の男とするのは初めてだ。どうにも感情の切り替えがうまくいかない。

「こっち」

部屋が綺麗に片づくと、久緒が強引に晶の手首を握って引っ張ってきた。気の進まないまま久緒に引っ張られ、ベッドルームと応接間の中間へ移動する。久緒の手にいつの間にか長い紐《ひも》が握られているのを見て、どきりとした。浴衣《ゆかた》も用意してあったから、おそらく腰紐だろう。久緒は晶を柱の傍《そば》に立たせると、いきなり背後に回ってきた。

「え…っ、ま、待って、久緒さん…っ」

両手首を背後に回され、一瞬抵抗が遅れた。久緒は柱にくくりつけるように晶の手首に紐をぐるぐると巻きつけていく。

すぅっと身体の熱が引いて、手が汗ばんだ。

章文とは違う、強めの縛り方に、鼓動が速くなる。興奮しているのだろうかと勘違いしかけたが、自分が震えていることに気づいて不安を覚えているのだと分かった。

「震えてる……。怖いの？」

がっちりと柱から動けないように晶の手首を縛りつけ、久緒が前に回ってくる。

「……解いてくれませんか、これ」

久緒から目を逸らし、なるべく怯えているのを悟られないようにして呟いた。

「どうして？　こういう趣味はないつもりだったけど、縛られている状態の内野さんは綺麗だよ。こういうのは確かにやばいね、だって…今、君に何でもできるってことでしょう」

久緒の手のひらが首筋を撫でる。びくりとして身を竦めると、バスローブをはだけられた。

久緒の手が胸を撫で回していく。

「鼓動が速い…」

小さく笑って久緒が下着を強引にひきずり下ろした。思わず逃げようとしたが、腕が拘束されて自由にならない。久緒の前に剝《む》き出しの身体を見せることに抵抗があって、晶はずるずるとしゃがみこんで膝《ひざ》を立てて股間《こかん》を覆い隠そうとした。

「や…っ」

久緒の手が強引に晶の足を割り開き、大きな手が萎《な》えている性器を握る。久緒はやわやわとそこを撫で、晶の表情を観察した。晶が反応しないと、手のひらをもっと下へ移動させていく。

久緒の手が晶の片方の足を持ち上げる。自然と軽く腰が浮き、尻のはざまを撫でられた。

「ここ、入れたりするの？　ああ、指入るじゃない…」

力を入れて尻のすぼみを指で押されると、ぐっと中に入ってきてしまう。ぶるりと身を竦め、晶は嫌がって身をよじった。章文に慣らされた行為のはずなのに、他人の指は気持ち悪くてたまらなかった。けれど根元まで指を入れられ、ぐいぐい内部を押されると、勝手に勃起《ぼっき》してしまう。ぜんぜん気持ちよくないのに、性器が勃《た》ち上がっているのが、ひどく嫌な感じだった。

「ここって指入れると誰でも勃つって本当なんだね。中柔らかい…。これなら、ほぐせば俺のも入りそう」

興味深げに覗《のぞ》き込まれ、入れた指を動かされる。本気で久緒に犯されるのだろうか、と考えたとたん、ぞっとして晶は唇を噛《か》んだ。

「ひ、久緒さん…ごめんなさい、やっぱり無理…」

膝の上に頭を載せて、かすれた声で訴える。やるまではできると思っていたのに、いざこういう行為をされると、身体が竦むのが分かった。どうしてだか分からないが、章文に縛られると安心するのに、久緒相手では怖いだけだった。

「うーん…そう怯えられると、サド心が芽生えてくるなぁ…」

腰を落とした久緒に軽々と足を持ち上げられ、足首に引っかかっていた下着を引き抜かれる。怖くてうつむいていると、久緒がテーブルにあった晶の携帯電話を手にとり、向けてきた。

「な…っ、何…?」

久緒は無言で縛られている晶を写真に撮り、画像をチェックしている。怖くなって顔を背けていると、久緒は晶に携帯電話を向け、意地の悪い笑みを浮かべた。

「この写真、君の元彼に送ろうよ」

「え…っ?」

ぎょっとして目を見開くと、勝手にアドレス帳を開き、章文のアドレスを読み上げてきた。多分一番メール履歴が多かったのでばれたのだろう。

「このアドレスでしょ？　違う？　違うなら十秒以内に教えてね。でないとこの人に送っちゃうからね」

「お、送ってどうするつもりですか…？」

「こういうのは韻を踏むのが大切なんだよ」

勝手に携帯電話を操作して久緒が笑う。画像を送ったあと、久緒は信じられない行動に出た。勝手に晶の携帯を使って章文に電話をかけ始めたのだ。

「ひ、久緒さん…っ!?」

止めようとしても縛られて身動きがとれない。そうこうするうちに章文が電話に出たらしく、久緒が目を輝かせる。

「章文ってあんた？　画像見てくれた？　内野さんは誘拐しました。返してほしかったら、ここまで取りにきなさいよ。十二時までに来なかったら、俺のものにするから。場所？　そんなの自分で調べてよ。じゃあね」

勝手に喋って有無を言わさず電話を切る。晶が呆然としていると、携帯電話の電源を落として久緒が笑みを浮かべた。

「すっごい怒ってた。やっぱ内野さんの元彼、怖いわ」

呆然として久緒を見つめると、大きな手が髪を撫でるようにしてくる。

「ＳＭって信頼関係の元に成り立つんじゃない？」

「え…」

「縛られて気持ちよかったのは、内野さんがその彼を信頼してるからでしょ。絶対怖いことはしないって分かった上での縛りは、ただのプレイだもの。内野さんは痛いのが好きってわけじゃないと思うよ」

久緒の言葉に、長い間もやもやしていた疑問が解消された気分になった。久緒の言うとおりだ。章文に対し、全幅の信頼を寄せていたからこそ、あれだけの快楽を得ることができた。章文は快楽を得るためだけなら他を捜せと言っていたけれど、やっぱり章文じゃなければ駄目だった。今頃思い知った。

「…あんな写真でこの場所分かるんですか？」

今頃自分の気持ちを理解しても、久緒の与えた課題はハードルが高く思えた。景色が映っているわけでもないし、ここが伊豆のホテルだと分かるだろうか。

「ちょっと頭の切れる人だったら分かるよ。バスローブにホテルの名前書いてあるし。時間的にはすぐ出れば大丈夫でしょ。間に合わなかったら、熱意が足りなかったってことだよ」

他人事だと思って久緒はいい加減だ。

「これは縛られて不可抗力だったたってことにしといてね。あの彼、マジで怖そうだから」

ふっと笑んで久緒が唇を重ねてくる。確かめるように舌で唇を舐められ、胸が震えた。

「多分来ると思うけど、もし来なかったらその時は俺とつき合えば？」

明るい声で言われ、つい笑みがこぼれた。


本当に章文が来てくれるのか心配だったが、十二時少し前にホテルの立て看板の前に見知った車が停まった。乱暴にドアが開けられ、運転席から章文が出てくる。通りには人の気配はなく、木々を揺らす風の音と虫の声しかしない。章文が険しい顔つきで近づいてくるのを感じ、心臓が止まりそうになった。

「行きずりの男と寝たのか」

晶の前に立って、尖った声で章文が詰問してくる。ぴりぴりした雰囲気に、晶はつい目を伏せてしまった。怒っている章文を怖いと思っているのに、その一方で背筋に震えがくるほどときめく。怒っているのは、愛情が残っている証拠だ。

「行きずりの男じゃない…。前に章文が会ったことある人…」

小さく呟くと、章文が激高した空気が感じられ、次には頬を思いきり叩かれていた。頬がじんじんと熱い。殴られて急に腹が立って、顔を上げて章文の頬を力いっぱい叩き返した。章文は少し驚いた顔で晶を見ている。

「章文が他を当たれって言ったんじゃないか。だから他の人に縛ってもらったんだ。ちっともよくなかった、怖かった…」

睨みつけるように告げると、章文が黙って晶を見つめる。

その目がわずかに下を向いたかと思うと、手を握られ、強引に引っ張られた。章文は助手席まで晶を引っ張り、「乗れ」と短く言う。

素直に晶が助手席に座ると、章文が運転席に回りこみ、車を発進させた。真っ暗な夜の道を制限速度いっぱいで走らせる。

「……お前が人殴ったの、初めて見た。…ちょっと嬉しい、かも」

ハンドルを握って章文が前方に目を向け、呟く。

しばらく沈黙が続いた。何か言おうと思っても、うまく言葉にできなかった。来てくれて嬉しい。せめてそれくらい言おうとしたのに、言葉は咽《のど》の辺りで引っかかって出てこない。

「……縛ると、痕《あと》が残るだろ」

暗い山道をライトが照らしていく。ぼんやりとそれを見つめ、晶は章文の声を聞いていた。

「次の日、あれを見ると自己嫌悪に陥るんだよ…。後ろめたいっていうか…、いつもレイプしてる気分になる…」

章文の自嘲《じちょう》的な呟きに、びっくりして顔を横に向けた。章文がそんな思いを抱いていたなんて知らなかった。

「俺は縛られた痕を見ると、思い出して興奮するけど…」

正直に思ったことを告げると、一瞬信じられないといった表情で章文が振り返ってきた。互いの感性の違いに呆然とした。

「物みたいに扱われると……安心するんだよ。うまく言えないけど…、でも章文が嫌ならしなくていいよ。……離れていくほうが、つらい」

ちゃんと言わなければと決意して、晶は章文に目を向け心情を吐露した。章文の肩がぴくりと揺れたのが分かって、晶は心音が速まった。

「人を好きになったことなんてないから、分からない。でも章文が離れていって、すごくつらかった。こんな気持ち初めてだ。セックスだって、そうだよ。あんなに気持ちよくなれるのは章文とした時だけだったんだ。あれからずっと章文のことを考えていた。もう一度前みたいに会いたい時に会ってほしい…。もう…、嫌、とかじゃなければ…だけど」

一気に想いを告げると、章文が目を見開き晶を振り返った。それでも何も言わなかったので、またまずいことを言ってしまったかと気になった。

「俺…、章文とちゃんとつき合いたい…。高校生の時に断っておいて、調子いいと思われるかもしれないけど……お願い、します…。俺のこと見捨てないで…」

こんなふうに誰かを繋ぎ止めたいと思ったことがなかったので、どう言えばいいのかまったく分からなかった。思いつくままにたどたどしく言葉をつむぎ、緊張して章文の返事を待つ。章文も告白してくれた時、こんな気持ちだったのだろうか。時間が戻るなら、あの瞬間の自分を罵倒《ばとう》したかった。

車は山道を蛇行していく。ふと広くなった道の脇《わき》に、章文が車を寄せて停める。沈黙に胸が苦しくなっていると、章文がシートベルトを外して近づいてきた。振り返ると乱暴に抱き寄せられる。

「ん…っ」

深く唇を重ねられ、ずきんと胸が疼《うず》いた。久しぶりに章文のキスを受け、胸が痛いほどに高鳴る。もどかしげに晶もシートベルトを外し、章文に抱きついた。

「ん、ん…っ、ふ、はぁ…っ」

互いの唇を吸い、舌を絡める。愛《いと》しげに髪を撫でられ、うっとりして章文に吐息を被せる。しばらく貪《むさぼ》るようにキスを交わした。舌を絡め合うと官能的な気分になり、離れようとする章文にしがみついてキスをねだった。

「おい、これ以上はやばい…」

上擦った声で章文が顔を離し、乱れた息を吐く。晶としてはこのままここで行為になだれこみたいくらいだったが、ちょうど車が一台通り過ぎ、行為は中断された。がっかりしたけれど、章文から久しぶりにキスされて、怖いくらいに胸が昂《たか》ぶっていた。心音が章文に聞こえてしまいそうだ。

「……言っとくけど、今日は縛らないからな」

気持ちを鎮めるかのように章文がシートにもたれて呟く。

「うん」

「言葉責めもなし。物足りなくても、優しく抱くから」

「うん」

そんなことをわざわざ宣言するのも変だと思いながら、素直に頷いた。抱いてくれるのだ、と知り、期待で身体が熱くなっていく。

ちらりと晶を見つめ、章文が髪を掻き乱す。

「……たまになら、お前の趣味にもつき合うから」

小さな声で言われ、妙に恥ずかしくなって頬を熱くした。これは章文なりの譲歩なのだろう。

「うん、それでいいよ」

章文の手を握って何度も頷く。章文は握られた手を口元に運び、押しつけるようにキスをした。

「……愛してる。もうずっと長いこと、お前を諦めきれなかった」

どきりとして鼓動が速まった。章文のそんな言葉は初めて聞いた気がする。他の誰かに言われたら、きっと重くて嫌な気分になった。けれどどういうわけか章文の言葉だけは胸の奥深くに届いて、確かな熱を持った。

外見だけではなく、章文は晶の内面も知っている。自分がどれほど無機質な人間かを。

分かっている上で言われる言葉は、晶にも伝わった。自分も愛していると言ってみようか。

だがそれは嘘っぽく聞こえる。好きだとか愛しているといった台詞《せりふ》は自分に似合わない。

「……俺はずっと、自分が生きている価値のないつまらない人間だと思っていた」

初めて章文に自分の感情を吐露して、晶は握られた手に力を込めた。

「でも章文といるなら、許された気になるよ…」

こんな言い方は章文には伝わらないかもしれないと思いつつ、自分にとっては重要なことだったので告げてみた。章文の手を引き、その指先に唇を押しつける。章文がもう一度身を乗り出し、触れるだけのキスをした。

ずっとこうしていたい、そんな気にさせる優しいキスだった。


晶のマンションに辿り着いた時は、もう深夜二時近くになっていた。途中のサービスエリアで交代したが伊豆まで車を運転していた章文はさすがに疲れている様子だった。何も聞かれなかったので勝手に晶は自宅のマンションへ章文を連れてきてしまった。大丈夫だったかなとエレベーターに乗った章文の顔色を窺うと、さりげなく手を繋いでくれる。

部屋に入ると、室内の電気をつける間もなく、抱きしめられ、キスをされた。キスをしながら寝室へ誘導すると、晶はもどかしげにシャツを脱いでいった。ボタンを外している途中でシーツに押し倒され、章文が髪を掻き乱して唇を押しつけてくる。

「ん…っ、ん…」

息をつく暇も与えず、章文が深いキスをしてくる。両の頬を手で包み、逃げられないようにして唇を吸う。キスが心地よくて晶は章文の背中に手を回して甘い吐息をこぼした。

章文は長い間キスばかりしていた。唇がふやけそうになるくらい舐められ、吸われ、甘く噛んでくる。キスがこんなに気持ちいいなんて知らなかった。ただ唇を重ねているだけなのに、胸が熱くなっていく。しだいにぼうっとしてきて、晶は無意識のうちに章文の股間をズボンの上から探っていた。そこが硬く張り詰めているのが分かると、つい形を確かめるように握ってしまう。

「……っ」

かすかに呻いて章文が顔を離す。

「触るな、すぐイっちまいそうだから…」

晶の手を押し戻して章文が上半身を起こす。章文は慣れた手つきで晶のベルトを外し、ズボンを引き抜くと、手早く下着も下ろしてきた。章文の太い指が尻を撫で、蕾《つぼみ》に押し込まれる。

潤いを持たない指が第二関節まで潜り込み、すぐさま出て行った。

「……ヤられてないのか？」

驚いたように問いかける章文に、晶はシーツに頬を押しつけ頷いた。

「縛られただけ…。俺が怖がったから、やめてくれたんだ…」

晶の声に章文が深い吐息をこぼした。安心したのか、屈み込んで来て唇を吸ってくる。しばらくキスをしたあと、章文が耳朶《じだ》を甘嚙みしながら囁《ささや》いてきた。

「ローション、ある？」

聞かれてボックスからローションを取り出し、手渡した。章文は手のひらに液体を垂らすと、晶の片方の足を持ち上げ、尻のはざまに塗りたくってきた。

「あ…」

尻のはざまを液体で濡らされ、するっと指が奥へ潜り込んでくる。久しぶりの感触に息を詰めた。指先が感じる場所を探ってくる。甘い感覚が奥から伝わってきて、半勃ちだった性器が一気に張り詰めた。

「んぅ…っ、ふ、は…ぁ」

章文は優しく解《ほぐ》すように晶の尻の奥に指を潜らせてくる。中指が襞《ひだ》を搔き分けて、前立腺を押し上げ、自然と甘い声がこぼれた。章文は指を一度引き抜き、ローションを足してそこを濡らすと、指を増やして晶の奥を広げてきた。

「ん…っ、あ、はぁ…っ、あぁ…っ」

二本の指で奥を掻き混ぜながら、勃起した性器を扱《しご》かれる。一気に熱が高まり、かすれた声を上げて身悶《みもだ》えた。

「可愛い…、お前感じてると子どもっぽい顔になるよな。目が潤んで、とろんとした顔になる。声も甘ったるくなるし…、高校生の時のお前思い出すよ」

入れた指を動かしながら、章文が頬や耳朶にキスしてくる。

「俺の指…気持ちいい…?」

甘ったるい声を出しているのは章文のほうだ。けれどそれがまったく嫌じゃなくて、晶は潤んだ目で頷いた。

「うん…っ、気持ちいい…っ」

紅潮した頬で告げると、章文が太ももを甘噛《あまが》みしてくる。章文はわざと尻の奥に埋め込んだ指を激しく動かし、濡れた音を室内に響かせた。章文の指がぬちゃぬちゃという音を立てるたびに、晶は自分の身体がひどくいやらしくなった気がして嬌声《きょうせい》を上げた。

「あ…っ、あ…っ、ひゃ、ぁ…っ」

奥に入れた指でぐりぐりと感じる場所を擦られ、性器の先端の穴を舌で舐められる。両方同時に責められると、あっという間に感度が高まり、達してしまいそうになった。

「ま…っ、待って、ま…っ、あ、う…っ、も…イっちゃう…から」

性器に舌を這《は》わせる章文の顔を押しのけ、乱れた声で訴える。

「一緒にイきたい…から、もう入れて…っ」

息を荒げて告げると、章文が興奮した顔で晶の性器から手を離した。まだ早いかとも思ったが、久しぶりで感じ方が早かった。それに何より、尻の奥を弄られ、指ではなくもっと太いモノが欲しくてたまらなくなっていた。

「晶…」

章文もせっぱつまった表情になっている。章文が手早くズボンを脱ぎ捨てるのを見つめ、熱くなった身体を持て余しながら身体を起こした。章文の性器もすっかり反り返り、濡れている。猛々《たけだけ》しく反り返る重たげな性器を見て、頬が赤くなった。章文と離れてからは自慰もめったにしなかったのに、こうして章文の性器を見ると興奮して腰が熱くなっていく。

「俺に跨《また》がれよ」

ベッドに腰を下ろし、章文が誘うように晶の手を引く。のろのろと身体を動かし、晶は章文に言われるままに向かい合う形で抱きついた。

「ゆっくり腰下ろして…」

背中から臀部を撫でて章文が囁く。身体を押しつけるようにして腰を下ろし、晶は手で章文の性器を支えた。どくどくと息づくモノに息を呑む。先端を蕾に擦りつけるようにすると、章文が気持ちよさそうな息を吐いた。

「んん…っ」

先端がずぶりと蕾を押し広げる。わずかに痛みを伴ったが、期待のほうが強くて、やや強引に腰を落とした。

「あ…っ、はぁ…っ、は…っ」

硬くて太いモノが、ずぶずぶと内部に押し入ってくる。繋がった場所が熱くて仕方ない。狭い内部を目いっぱい開かされ、乱れた息を散らした。

「あ…あ…っ、う、や…っ」

ゆっくりと腰を沈ませ、深い奥まで章文を受け入れた。大きなモノで貫かれ、怖いようなぞくぞくするような不思議な感覚が広がった。繋がった部分から身体が震え、動いてもいないのに勝手に息が上がっていく。

「お前の中、気持ちいい…。すごく可愛いよ、俺の銜え込んで気持ちよくなってるのか…?」

章文は深く息を吐くと、晶のうなじを引き寄せ甘く囁いた。音を立ててキスされる。唇は離れるとまた吸いつき、吸いついてはまた離れる。唇がふやけそうなほどキスばかり繰り返された。

「好きだよ…晶、好きだ…」

章文は飽きずに晶の唇を舐め、睦言《むつごと》を囁く。愛《いと》しげに髪を撫でられ、嬉しくて章文にしがみついた。縛られてひどい言葉を吐かれるセックスも好きだが、こんなふうに甘い言葉を吐かれ

て優しくセックスするのも気持ちよかった。何よりもサディスティックなセックスじゃなくても感じている自分が嬉しかった。章文を好きな証拠だ。

「ぁ…っ、あ…っ、は…ぁ…っ」

しがみついてかすれた声を上げると、章文が首筋や耳朶に音を立ててキスしていく。まるでなだめるように太ももや胸元を撫でられ、感じて変な声がこぼれた。

「あ…っ、んあ…っ、ひゃ…っ」

首筋に痕がつくくらい吸われる。そのたびに淡い快感が走りびくりと腰が震えた。章文は動いていないのに、中にあるだけで声が乱れる。

「ひゃ…っ、や…っ、あ、ぁ…っ」

章文が胸元に唇を移動して、舌で乳首を弾いていく。ねろりと舐められ、舌先で何度も弾かれると、気持ちよくて生理的な涙がこぼれた。章文の髪を掻き乱し、甲高い声を放つ。

「好きだよ…晶…」

上擦った声で囁き、章文がゆっくりと腰を動かしてきた。漣《さざなみ》のように快楽が繋がった場所から広がり、晶ははぁはぁと乱れた息をもらした。

「あぁ…っ、ん、あ…ぁ…っ、お尻…気持ちいい…」

章文の首にしがみつき、お返しのように首筋に痕をつけていく。ぎゅっと抱きつくと、興奮したように章文が腰を突き上げてきた。

「ひゃ…っ、あ…っ、やぁ…っ、あぁ…っ」

晶の腰を支え、章文が身体を揺さぶってくる。奥を突かれるたびに甲高い声を放ち、晶は自分も腰を動かして絶頂を目指した。

「あ…っ、あ、ぁ…っ、もうイっちゃう…っ」

前立腺を猛ったモノで激しく擦られ、晶の性器からは蜜《みつ》があふれ出した。

「晶…、晶…っ、はぁ…っ、はぁ…っ」

章文の息も乱れてきた。ベッドのきしむ音と互いの喘ぎ声にわけが分からなくなり、気づいたら中の章文をきつく締めつけて絶頂に達していた。

「あ、あ、ぁ…っ、ひ…っ、ン…ッ!!」

「く、う…っ」

腹や胸に精液を飛び散らせ、悲鳴に似た声を放って章文にしがみつく。低く呻《うめ》いて、章文も内部で達したのが分かり、強く抱きしめられた。

「あ…っ、はぁ…っ、はぁ…っ」

章文の肩にもたれ、ひたすら呼吸を繰り返す。自分を抱きしめる確かな感触に、安堵して目を閉じた。章文の手が何度も髪を撫で、耳朶や肩のところにキスを落とす。少し息が整って、晶はもたれていた身体を離し、自分を見つめる章文と目を合わせた。章文とこうして愛し合えるのが嬉しくなり、ふっと自然に笑みがこぼれた。

「……っ」

晶が笑いかけたことに動揺した様子で章文が目を逸らす。その視線が照れたように戻ってきて、晶に優しく笑いかける。

「お前って、いつもほとんど表情変わらないだろ。だから彫像みたいに感じるんだけど…、それが時々ふわっと笑うと、俺はいつもドキドキしちまって…。俺は、それがすごく好きなんだよな…。久しぶりにお前の笑顔、見た気がする」

章文の言葉に晶もどきりとした。晶も章文の笑顔を見たのは久しぶりだと感じたからだ。

「俺も章文の笑ってる顔、好きだよ…」

囁きながら章文にキスをした。すぐに章文もあちこちを唇で辿ってくる。じゃれ合うようにキスを続けているうちに、銜え込んでいる章文のモノが硬度を取り戻していく。

「ん…っ、…っ」

つい気持ちよくてかすれた声を漏らすと、章文のキスが深くなっていった。背中から腰にかけて大きな手のひらが這い、熱っぽい息を耳朶にかけられる。

「もう一度…いい？」

耳元で章文に請われ、晶は期待に潤んだ目を向けた。

再び大きな熱に呑まれ、晶は切ない息を漏らした。

翌日、晶は休みだったが、章文は仕事があった。といってもさすがに疲れたのか、半休をとり、午後から出社にしていた。

章文のために朝食を作ったあと、シャワーを浴びて眠い頭を覚醒《かくせい》させた。昨夜は久しぶりだったせいもあって、長い間抱き合っていた。章文は宣言どおり晶を優しく抱いた。それはそれで気持ちよかったのだが、やはりたまには乱暴に抱いてもらいたい。

浴室から出て、Tシャツとスウェットを身にまとう。濡れた髪をタオルで乾かしながらリビングに行くと、章文は食事を食べ終わり、もう出かける仕度をすませていた。カウンターの前に立っていた章文が振り返って笑う。

「これ、まさかお前が作ったのか?」

章文が面白そうな顔で赤いセロファンの包み紙を見せる。

——とたんにざぁっと血の気が引き、気づいたら章文の手からそれを奪っていた。凍りついた顔をする晶に、章文が戸惑った顔で身を引く。

「……食べた?」

白くなった顔で尋ねると、章文がいぶかしげに眉を顰めた。

「いや、食べていいか聞こうと思ったところ。何だよ、怖い顔して」

食べてない、と知り安堵感で全身から力が抜けた。晶はぎこちない笑みを浮かべ、赤いセロファンの包みを隠すようにポケットに入れると、カウンターの上に置いてあったからくり人形に目を落とした。

「これ、ちょっと壊れてるんだ。だから動かさないで」

積んであったコインごと乱暴に掴み、章文の目の届かない場所へ移動させる。怪訝《けげん》そうな顔をしている章文に近づき、濡れた身体でぎゅっと抱きついた。

「仕事終わったら、また戻ってきてくれる？　ご飯作って待ってるから」

「あ、ああ…」

章文をじっと見つめると、照れた顔でキスをしてくれた。しばらく甘いキスを交わし、名残《なごり》惜しげに章文が身体を離す。

「もう時間だから、行くよ」

「うん、いってらっしゃい」

章文のネクタイをきちんと締め直し、晶は笑顔で告げた。玄関まで行き、章文が出社するのを見送る。章文の姿がエレベーターに消えると、晶は施錠してリビングに戻った。

まだ鼓動が速まっている。

スウェットのポケットからラムネをとり出し、震える手でセロファンを解《ほど》いた。セロファンを開くと、いつものラムネではなく白い粉が出てきた。一瞬心臓が止まりそうになり、晶は指を震わせた。

（いつものように、食べればいい…）

宙を見つめながら、口元まで持っていく。

口の中に入れようとして、指先がぶるぶるして動けなくなった。精神安定剤、とはよく言ったものだ。今までは中を確かめもせず平気で食べられたのに。晶は血の気が引くのを感じ、昨日と今日では確かに自分が変わったのを感じた。

セロファンをぐしゃぐしゃに潰し、顔を覆う。

今は、どうしても食べることができなかった。食べるのが怖くてたまらなかった。だって、これは薬じゃない。これは――。

晶はシンクに駆け込み、手の中の白い粉をポリバケツに放り込んだ。続けてドライバーをとり出し、からくり人形を分解して中に入っていたラムネを全部とり出す。入っていたラムネはもう残り三つだった。改めてぞっとして、すべてポリバケツに捨てた。誰が知るだろう？　晶が自分の人生を試すためにロシアンルーレットを繰り返していたなど。未来の展望も描けず、自分など消えてなくなればいいと思い始めた頃から、繰り返した遊戯。ぼんやりとした不安を、ずっと感じていた。このまま生きていても、たいして面白いこともなく、早く人生が終わればいいと願っていた。

噛み砕いたそれがラムネだった時だけ、生きるのを許された気がしていた。

――なんて愚かだった自分。

晶は強張った顔のまま、からくり人形の内部に、先日買ってきた飴《あめ》を詰め込んだ。

再びネジを締めて、ようやく安堵してカウンターに戻す。

急におかしくなって笑いがこぼれた。声を立てて笑うと余計におかしさが込み上げてヒステリックに笑い出す。笑いながら、泣いていた。涙で顔をくしゃくしゃにした。章文に申し訳なくて、自分が馬鹿すぎて、心底嫌になる。

章文が無事でよかった。

両手で顔を覆い、晶はその場にしゃがみこんで動けなくなった。

あとがき

こんにちは&はじめまして夜光《やこう》 花《はな》です。

「眠る劣情」お読みいただきありがとうございました。

いろいろ思い出深い一冊になりました。大好きな絵描きさんをつけてもらえたり、サイン会を開いてもらったり、あとがきが４Ｐだったり（大の苦手）、本を書く前に自分でもからくり人形を作ってみたり…。

素晴らしいタイトルは例によってまた担当様のお力です。最近ぱっとしたタイトルがまったく思い浮かばなくて、いつも担当様を悩ませています。ありがとうございます。

今回の本はからくり人形を題材にしてみました。からくりというのに引っかけて、登場人物が皆、歯車が嚙《か》み合わなくなる…みたいな感じを目指しました。

一番可哀想なのはやっぱり婚約者さんですね。

キャラ的には久緒《ひさお》が楽しかったです。最初主人公たちだけで進めるには、あまりにシリアスすぎて息抜きができない気がしたので、ちょっと変人も入れてみようと思い久緒が生まれました。

作中で作家を出したのは初めてですが（多分）、モデルは私ではありませんよ。

ところで、ものは試しとからくり人形キットを買って作ってみました。茶運び人形のミニサイズなんですけど、製作はとても楽しい経験でした。しかし何かが間違っているのか、思った方向に行かなかったり、腕がぽろぽろとれたり、お茶碗《ちゃわん》とりあげても動いたり（止まらねばならぬよ）微妙な出来栄えです。当初は作ったらすぐ捨てようと思ったのに、半年経った今もまだ棚の上でお茶碗もってます。完全に捨てるタイミングを逃しました。半年もいると逆に捨てづらくなるのが人形の困ったところですね。

ここからは本編を読んでからお読みください。

ページがあまっているのでキャラの話でもします。

主人公の晶《あきら》はいい人にも悪い人にもなりきれないどっちつかずの、ある意味人間くさいキャラにしました。バランスがうまくとれてない人なので、外見を褒《ほ》められるたびに駄目な自分とのギャップに苦しむというか…。

作中には出てきませんでしたが、超優柔不断なのでどこかに食べに行くと、メニューを眺めてえんえんと食べる料理を決められない人です。

章文《あきふみ》は逆に好き嫌いがはっきりしてるので、すぐ決まるタイプ。ついでに晶の分まで決めちゃう。晶に関しては本人よりも好みを把握しているのです。

久緒は偏食主義なので、どの店いっても似たようなものばかり食べてます。お前、それ前も、その前も食っただろ？　みたいな感じかな。

そういえば今回己の嗜好《しこう》に目覚める受けというのを書いてみたわけですが、本当はもっと侮蔑的な台詞《せりふ》を入れようと思っていたのに、ぬるい感じになってしまいました。

行為が終わった後で満足して眠ってる晶と、ずどーんと自己嫌悪に陥っている章文の対比を考えるとけっこうおかしいですね。ちなみに私はＳの気持ちもＭの気持ちも分からないです。

ふつうがいいな…。

晶と久緒はいい友達になれると思います。


今回の本は何といっても素敵な絵をつけてもらえたのが嬉《うれ》しかったです。

イラストの高階佑《たかしなゆう》先生、どうもありがとうございます！　表紙からもうときめきを奪われまくっております。晶が、まさにこういう表情をするんですよとお礼を言いたいくらい、理想どおりの晶でした。そして章文がめちゃかっこよくて、痺《しび》れました。

なんかもうイラストだけで十分なんじゃ？　と思うほど素晴らしい二人を描いてくださって、ありがたくて足を向けて眠れません。本文の絵も晶がエロくて、章文悪そうだし（笑）最高です。指を舐《な》めるシーンが特に好きです。しかも久緒をいい男に描いてくれたのが嬉しかったですねー。久緒は機会があれば何かでまた登場させたいものです。本当にありがとうございました！

担当様。今回の本は迷走する私を正しい道に進ませてくれて、ありがとうございます。いつも思うのですが私よりよほど深く掘り下げて話を理解してくださる方なので、安心してお仕事ができます。

今後ともがんばりますのでよろしくお願いします。

読んでくださった皆様方、どうもありがとうございます！　感想などありましたら、ぜひ聞かせてほしいです。そのついでに「あとがき」に何を書けばいいのかとか教えてくれると助かります…。読者さまは何を書くと楽しいのですかねー？

ではではまた。別の本でお会いできたら嬉しいです！

夜光　花

この本を読んでのご意見、ご感想を編集部までお寄せください。
《あて先》〒105－8055　東京都港区芝大門2－2－1　徳間書店　キャラ編集部気付
「眠る劣情」係

■初出一覧
眠る劣情……書き下ろし

Chara

眠る劣情……【キャラ文庫】

2009年7月31日　初刷

著者　夜光　花
発行者　吉田勝彦
発行所　株式会社徳間書店
〒105-8055　東京都港区芝大門2-2-1
電話048-451-5960(販売部)
03-5403-4348(編集部)
振替00140-0-44392

印刷・製本　図書印刷株式会社
カバー・口絵　近代美術株式会社
デザイン　百足屋ユウコ
編集協力　押尾和子

ISBN978-4-19-900531-2

好評発売中

夜光 花の本【シャンパーニュの吐息】

イラスト◆亦りょう

10年前に死んだ弟がなぜ目の前に——!? レストランのオーナー・矢上《やがみ》が出逢ったのは、店で働くギャルソンの瑛司《えいじ》。綺麗で儚げな容姿は生き写しでも、瑛司の明るく快活な性格は弟と正反対だった。未だ弟の死を悔やむ矢上は、別人だと頭では否定しながらも瑛司に惹かれていく。そんなある日、矢上は瑛司への想いを抑えられず抱いてしまうが…!? この腕の中にいるのは誰?——ミステリアス・ラブ。

好評発売中

夜光 花の本【君を殺した夜】

イラスト◆小山田あみ

夜光 花
イラスト◆小山田あみ
君を殺した夜
Hana Yakou Presents
10年ぶりに再会した幼馴染みに、
日ごと陵辱されて——

「ここから飛び降りたら、お前を好きになってやる」。10年前、幼馴染みの聡《さとし》の告白に幸也《ゆきや》が出した条件だ。何においても優秀な聡が妬ましくて、酷く傷つけたかったのだ。そんな幸也が勤める中学に、聡が新任教師として赴任してきた。聡は「お前に罪の意識があるなら、身体で償え」と、幸也に強引に迫る。けれど、聡は辛辣な言葉とは裏腹に、優しく幸也を抱きしめてきて…!?

好評発売中

夜光 花の本
【七日間の囚人】
イラスト◆あそう瑞穂

ベッドしかない密室に、全裸で監禁されてしまった!?　鷺尾《さぎお》要《かなめ》が目覚めた時、隣には同じく全裸で眠る同僚の長瀬《ながせ》亮二《りょうじ》が!!　しかも、手錠で繋がれて離れられない。日頃から、からかうように口説かれていた要は、実は亮二が嫌いだった。いつ犯されてもおかしくない状況に、警戒心を募らせる要。一体、誰が何のために仕組んだのか――。眠ることすら許されない、絶体絶命スリリング・ラブ！

好評発売中

夜光 花の本
【天涯の佳人】
イラスト◆DUO BRAND.

天才的な津軽三味線の技と音色——加々美達央《かがみたつお》は無名の若手三味線奏者だ。地方の大会での達央の演奏に、青年実業家の浅井祐司《あさいゆうじ》は一瞬で虜に！　その稀有な才能に心を囚われ、「君を必ず檜舞台に立たせる」とスポンサーを名乗り出る。成り行きで同居を申し出た浅井は、恋人にするような優しさで達央に接してくる。ところが、浅井を独占する達央を妬むライバルが現れて…⁉

キャラ文庫既刊

■英田サキ
【DEADLOCK】
【DEADHEAT】 DEADLOCK2
【DEADSHOT】 DEADLOCK3
【SIMPLEX】 DEADLOCK外伝
CUT 高階 佑

■秋月こお
【やってらんねェぜ！】全6巻
【セカンド・レボリューション】やってらんねェぜ！外伝
【アーバンナイト・クルーズ】やってらんねェぜ！外伝2
【酒と薔薇とジェラシーと】やってらんねェぜ！外伝3
【許せない男】やってらんねェぜ！外伝4
CUT こいでみえこ
【王様な猫】
【王様な猫のしつけ方】王様な猫2
【王様な猫の陰謀と純愛】王様な猫3
【王様な猫と調教師】王様な猫4
【王様な猫の戴冠】王様な猫5
CUT かすみ涼和
【王朝春宵ロマンセ】
【王朝夏曙ロマンセ】王朝春宵ロマンセ2
【王朝秋夜ロマンセ】王朝春宵ロマンセ3
【王朝冬陽ロマンセ】王朝春宵ロマンセ4
【王朝唐紅ロマンセ】王朝ロマンセ外伝
【王朝月下繚乱ロマンセ】王朝ロマンセ外伝2
【王朝綺羅星如ロマンセ】王朝ロマンセ外伝3
CUT 唯月 一
【要人警護】
【特命外交官】要人警護2
【駆け引きのルール】要人警護3
【シークレット・ダンジョン】要人警護4
【暗殺予告】要人警護5
【日陰の英雄たち】要人警護6
CUT 緋色れーいち
【本日のご葬儀】
CUT ヤマダサクラコ
【幸村殿、艶にて候①～⑤】
CUT 九號

【スサの神謡】
CUT 稲荷家房之介

■洸
【機械仕掛けのくちびる】
CUT 須賀邦彦
【刑事はダンスが踊れない】
CUT 香雨
【花陰のライオン】
CUT 宝井さき
【黒猫はキスが好き】
CUT 汞りょう
【囚われの脅迫者】
CUT DUO BRAND.
【深く静かに潜れ】
CUT 長門サイチ
【パーフェクトな相棒】
CUT 亜樹良のりかず
【好みじゃない恋人】
CUT 小山田あみ

■いおかいつき
【恋愛映画の作り方】
CUT 高久尚子
【交番へ行こう】
CUT 桜城やや
【死者の声はささやく】
CUT 亜樹良のりかず
【美男には向かない職業】
CUT DUO BRAND.
【好きなんて言えない！】
CUT 有馬かつみ

■五百香ノエル
【キリング・ビータ】
【偶像の資格】キリング・ビータ2
【暗黒の誕生】キリング・ビータ3
【静寂の暴走】キリング・ビータ4
【GENE《ゲーン》】天使は裂かれる
CUT 麻々原絵里依
【望郷天使】GENE2
【紅蓮の稲妻】GENE3
【宿命の血戦】GENE4
【この世の果て】GENE5
【愛の戦闘《たたかい》】GENE6
【螺旋運命】GENE7
【心の扉】GENE8
【天使はうまれる】GENE9
CUT 金ひかる
【白皙】
CUT 須賀邦彦

■斑鳩サハラ
【僕の銀狐】
【押したおされて】僕の銀狐2
【最強ラヴァーズ】僕の銀狐3
【狼と子羊】僕の銀狐4
CUT 越智千文
【今夜こそ逃げてやる！】
CUT こうじま奈月

■池戸裕子
【アニマル・スイッチ】
CUT 夏乃あゆみ
【TROUBLE TRAP！】
CUT 峰倉かずや
【勝手にスクープ！】
CUT にゃおんたつね
【社長秘書の昼と夜】
CUT 果桃なばこ
【あなたのいない夜】
CUT 椎名咲月
【部屋の鍵は貸さない】
CUT 鳴海ゆき
【共犯者の甘い罪】
CUT 宝井さき
【エゴイストの報酬】
CUT 新井サチ
【恋人は三度嘘をつく】
CUT 新藤まゆり
【特別室は貸切中】
CUT ともさか高子
【容疑者は誘惑する】
CUT 梅沢はな
【狩人は夢を訪れる】
CUT 汞りょう
【夜叉と獅子】
CUT 羽根田実
【工事現場で逢いましょう】
CUT 有馬かつみ

■岩本 薫
【13年目のライバル】
CUT Lee

■烏城あきら
【発明家に手を出すな】
CUT 長門サイチ
【スパイは秘書に落とされる】
CUT 羽根田実
【檻 -おり-】
CUT 今 市子

■榎田尤利
【ゆっくり走ろう】
CUT やまかみ梨由
【歯科医の憂鬱】
CUT 高久尚子
【ギャルソンの躾け方】
CUT 宮本佳野
【アパルトマンの王子】
CUT 緋色れーいち
【理髪師の、些か変わったお気に入り】
CUT 二宮悦巳

■鹿住 槇
【優しい革命】
CUT 橘 皆無
【甘える覚悟】
CUT 穂波ゆきね

キャラ文庫既刊

【別嬪レイディ】 CUT大和名瀬
【囚われた欲望】 CUT椎名咲月
【甘い断罪】 CUT不破慎理
【ただいま同居中！】
【ただいま恋愛中！ ただいま同居中！2】 CUT夏乃あゆみ
【お願いクッキー】 CUT北畠あけ乃
【独占禁止!?】 CUT宮城とおこ
【となりのベッドで眠らせて】 CUT椎名咲月
【君に抱かれて花になる】 CUT真生るいす
【ヤバイ気持ち】 CUT穂波ゆきね
【恋になるまで身体を重ねて】 CUT宮本佳野
【遺産相続人の受難】 CUT鳴海ゆき
【天才の烙印】 CUT宝井さき
【兄と、その親友と】 CUT夏乃あゆみ

■金丸マキ

【恋はある朝ショーウィンドウに】 CUT椎名咲月

■川原つばさ

【泣かせてみたい①〜⑥】
【ブラザー・チャージ 泣かせてみたいシリーズ】
【キャンディ・フェイク 泣かせてみたいシリーズ2】 CUT禾田みちる
【天使のアルファベット】 CUT極楽院櫻子
【プラトニック・ダンス】全6巻 CUT沖麻実也

■神奈木智

【地球儀の庭】 CUTやまかみ梨由
【王様は、今日も不機嫌】 CUT雁川せゆ
【その指だけが知っている】
【左手は彼の夢をみる その指だけが知っている2】
【くすり指は沈黙する その指だけが知っている3】
【そして指輪は告白する その指だけが知っている4】
【その指だけは眠らない その指だけが知っている5】 CUT小田切ほたる
【ダイヤモンドの条件】
【シリウスの奇跡 ダイヤモンドの条件2】
【ノワールにひざまずけ ダイヤモンドの条件3】 CUT須賀邦彦
【無口な情熱】 CUT椎名咲月
【征服者の特権】 CUT明森びびか
【御所泉家の優雅なたしなみ】 CUT円屋榎英
【甘い夜に呼ばれて】 CUT不破慎理
【密室遊戯】 CUT羽根田実
【若きチェリストの憂鬱】 CUT二宮悦巳
【オーナーシェフの内緒の道楽】 CUT新藤まゆり

■剛しいら

【雛供養】 CUT須賀邦彦
【顔のない男】
【見知らぬ男 顔のない男2】 CUT北畠あけ乃
【時のない男 顔のない男3】
【青と白の情熱】 CUTかすみ涼和
【仇なれども】 CUT今 市子
【色重ね】 CUT高口里純
【赤色サイレン】 CUT神崎貴至
【蜜と罪】 CUTタカツキノボル
【恋愛高度は急上昇】 CUT亜樹良のりかず
【君は優しく僕を裏切る】 CUT新藤まゆり
【シンクロハート】 CUT小山田あみ
【マシン・トラブル】 CUT笹生コーイチ
【命いただきます！】 CUT麻生 海
【狂犬】 CUT有馬かつみ

■ごとうしのぶ

【水に眠る月 —夢見の章—】
【水に眠る月② —霧雨の章—】
【水に眠る月③ —黄昏の章—】 CUT Lee
【熱情】 CUT高久尚子

■榊 花月

【午後の音楽室】 CUT依田沙江美
【白衣とダイヤモンド】 CUT明森びびか
【ロマンスは熱いうちに】 CUT夏乃あゆみ
【永遠のパズル】 CUT山田ユギ
【もっとも高級なゲーム】 CUT汞りょう
【ジャーナリストは眠れない】 CUTヤマダサクラコ
【光の世界】 CUT片岡ケイコ
【市長は恋に乱される】 CUT北畠あけ乃
【恋人になる百の方法】 CUT高久尚子
【冷ややかな熱情】 CUTサクラサクヤ
【狼の柔らかな心臓】 CUT亜樹良のりかず
【つばめハイツ102号室】 CUT富士山ひょうた
【夜の華】 CUT高階 佑
【他人の彼氏】 CUT汞りょう

■佐倉あずき

【1／2の足枷】 CUT麻生 海

■桜木知沙子

【ご自慢のレシピ】 CUT椎名咲月
【となりの王子様】 CUT夢花 李
【金の鎖が支配する】 CUT清瀬のどか
【解放の扉】 CUT北畠あけ乃
【プライベート・レッスン】 CUT高星麻子
【ひそやかに恋は】 CUT山田ユギ
【ふたりベッド】 CUT梅沢はな
【真夜中の学生寮で】 CUT高星麻子

■佐々木禎子

【ロッカールームでキスをして】 CUT高久尚子
【最低の恋人】 CUT蓮川 愛
【したたかに純愛】 CUT不破慎理
【ニュースにならないキス】 CUT水名瀬雅良

キャラ文庫既刊

【秘書の条件】 CUT史堂 櫂
【遊びじゃないんだ！】 CUT鳴海ゆき
【花嫁は薔薇に散らされる】 CUT由貴海里
【蜜の香り】 CUT新藤まゆり
【極悪紳士と踊れ】 CUT汞りょう
【ミステリ作家の献身】 CUT高久尚子

■篠 稲穂
【熱視線】 CUT夏乃あゆみ
【Baby Love】 CUT宮城とおこ

■秀香穂里
【くちびるに銀の弾丸】 CUT祭河ななを
【くるぶしに秘密の鎖 くちびるに銀の弾丸2】
【チェックインで幕はあがる】 CUT高久尚子
【虜《とりこ》】 CUT山田ユギ
【挑発の15秒】 CUT宮本佳野
【誓約のうつり香】 CUT海老原由里
【灼熱のハイシーズン】 CUT長門サイチ
【禁忌に溺れて】 CUT亜樹良のりかず
【ノンフィクションで感じたい】 CUT新藤まゆり
【艶めく指先】 CUTサクラサクヤ
【烈火の契り】 CUT彩
【他人同士】全3巻 CUT新藤まゆり
【堕ちゆく者の記録】 CUT高階 佑
【真夏の夜の御伽噺】 CUT佐々木久美子

■愁堂れな
【身勝手な狩人】 CUT蓮川 愛
【ヤシの木陰で抱きしめて】 CUT片岡ケイコ
【十億のプライド】 CUT汞りょう
【愛人契約】 CUT水名瀬雅良
【紅蓮の炎に焼かれて】 CUT金ひかる
【やさしく支配して】 CUT香雨
【花婿をぶっとばせ】 CUT高久尚子

【誘拐犯は華やかに】 CUT神葉理世
【伯爵は服従を強いる】 CUT羽根田実
【コードネームは花嫁】 CUT汞りょう
【怪盗は闇を駆ける】 CUT由貴海里
【屈辱の応酬】 CUTタカツキノボル
【金曜日に僕は行かない】 CUT麻生 海
【行儀のいい同居人】 CUT小山田あみ
【激情】 CUT羽根田実
【二時間だけの密室】 CUT高久尚子

■菅野 彰
【毎日晴天！】
【子供は止まらない 毎日晴天！2】
【子供の言い分 毎日晴天！3】
【いそがないで。 毎日晴天！4】
【花屋の二階で 毎日晴天！5】
【子供たちの長い夜 毎日晴天！6】
【僕らがもう大人だとしても 毎日晴天！7】
【花屋の店先で 毎日晴天！8】
【君が幸いと呼ぶ時間 毎日晴天！9】
【明日晴れても 毎日晴天！10】
【夢のころ、夢の町で。 毎日晴天！11】 CUT二宮悦巳
【野蛮人との恋愛】
【ひとでなしとの恋愛 野蛮人との恋愛2】
【ろくでなしとの恋愛 野蛮人との恋愛3】 CUTやしきゆかり
【高校教師、なんですが。】 CUT山田ユギ

■春原いずみ
【とけない魔法】 CUTやまねあやの
【チェックメイトから始めよう】 CUT椎名咲月
【白檀の甘い罠】 CUT明森びびか
【氷点下の恋人】 CUT片岡ケイコ
【恋愛小説のように】 CUT香雨
【赤と黒の衝動】 CUT夏乃あゆみ
【キス・ショット！】 CUT麻々原絵里依

【舞台の幕が上がる前に】 CUT禾田みちる
【神の右手を持つ男】 CUT有馬かつみ
【銀盤を駆けぬけて】 CUT須賀邦彦

■染井吉乃
【嘘つきの恋】
【蜜月の条件 嘘つきの恋2】
【誘惑のおまじない 嘘つきの恋3】 CUT宗真仁子

■高岡ミズミ
【この男からは取り立て禁止！】 CUT桜城やや
【ワイルドでいこう】 CUT紺野けい子
【愛を知らないろくでなし】 CUT長門サイチ
【愛執の赤い月】 CUT有馬かつみ
【夜を統べるジョーカー】 CUT実相寺紫子
【お天道様の言うとおり】 CUT山本小鉄子
【依頼人は証言する】 CUT山田シロ

■篁 釉以子
【真夏の合格ライン】 CUT松本テマリ
【真冬のクライシス 真夏の合格ライン2】 CUT明森びびか

■たけうちりうと
【泥棒猫によろしく】 CUT史堂 櫂

■月村 奎
【そして恋がはじまる】 CUT夢花 李
【いつか青空の下で そして恋がはじまる2】
【アプローチ】 CUT夏乃あゆみ

■遠野春日
【眠らぬ夜のギムレット】 CUT沖麻実也
【ブルームーンで眠らせて 眠らぬ夜のギムレット2】
【ブリュワリーの麗人】 CUT水名瀬雅良
【高慢な野獣は花を愛す】 CUT汞りょう
【華麗なるフライト】 CUT麻々原絵里依
【砂楼の花嫁】 CUT円陣闇丸

キャラ文庫既刊

[恋は饒舌なワインの囁き] CUT羽根田実
[玻璃の館の英国貴族] CUT円屋榎英

■鳩村衣杏
[共同戦線は甘くない!] CUT桜城やや

■火崎　勇
[恋愛発展途上] CUT蓮川　愛
[三度目のキス] CUT高久尚子
[ムーン・ガーデン] CUT須賀邦彦
[グッドラックはいらない!] CUT果桃なばこ
[お手をどうぞ] CUT松本テマリ
[カラッポの卵] CUT明森びびか
[寡黙に愛して] CUT北畠あけ乃
[書きかけの私小説] CUT真生るいす
[最後の純愛] CUT宝井さき
[ブリリアント] CUT麻々原絵里依
[メビウスの恋人] CUT紺野けい子
[愚か者の恋] CUT有馬かつみ
[楽天主義者とボディガード] CUT新藤まゆり
[荊の鎖] CUT麻生　海
[それでもアナタの虜] CUT司狼　亨

■菱沢九月
[小説家は懺悔する]
[小説家は束縛する 小説家は懺悔する2] CUT高久尚子
[夏休みには遅すぎる] CUT山田ユギ
[本番開始5秒前] CUT新藤まゆり
[セックスフレンド] CUT水名瀬雅良
[ケモノの季節] CUT汞りょう
[年下の彼氏] CUT穂波ゆきね

■ふゆの仁子
[太陽が満ちるとき] CUT高久尚子
[年下の男] CUT北畠あけの
[Gのエクスタシー] CUTやまねあやの
[恋愛戦略の定義] CUT雪舟　薫
[フラワー・ステップ] CUT夏乃あゆみ

[ソムリエのくちづけ] CUT北畠あけ乃
[プライドの欲望] CUT須賀邦彦
[偽りのコントラスト] CUT水名瀬雅良
[薔薇は咲くだろう] CUT亜樹良のりかず
[ベリアルの誘惑] CUT高階　佑
[愛、さもなくば屈辱を] CUT汞りょう

■松岡なつき
[声にならないカデンツァ] CUTビリー高橋
[ブラックタイで革命を]
[ドレスシャツの野蛮人 ブラックタイで革命を2] CUT緋色れーいち
[センターコート] 全3巻 CUT須賀邦彦
[旅行鞄をしまえる日] CUT史堂　櫂
[GO WEST!] CUTほたか乱
[NOと言えなくて] CUT果桃なばこ
[WILD WIND] CUT雪舟　薫
[FLESH & BLOOD①～⑬] CUT①～⑪雪舟　薫／⑫～彩

■水原とほる
[青の疑惑] CUT彩
[午前一時の純真] CUT小山田あみ
[ただ、優しくしたいだけ] CUT山田ユギ
[氷面鏡] CUT真生るいす

■水無月さらら
[お気に召すまで] CUT北畠あけの
[永遠の7days] CUT真生るいす
[視線のジレンマ] CUT Lee
[恋愛小説家になれない] CUT史堂　櫂
[なんだかスリルとサスペンス] CUT円屋榎英
[正しい紳士の落とし方] CUT長門サイチ
[オトコにつまずくお年頃] CUT汞りょう
[シャンプー台へどうぞ] CUTせら
[社長椅子におかけなさい] CUT羽根田実
[オレたち以外は入室不可!] CUT梅沢はな
[九回目のレッスン] CUT高久尚子
[裁かれる日まで] CUTカズアキ

[主治医の采配] CUT小山田あみ

■水壬楓子
[桜姫]
[ルナティック・ゲーム 桜姫2]
[ミスティック・メイズ 桜姫3] CUT長門サイチ
[シンプリー・レッド] CUT汞りょう
[作曲家の飼い犬] CUT羽根田実

■夜光　花
[シャンパーニュの吐息] CUT汞りょう
[君を殺した夜] CUT小山田あみ
[七日間の囚人] CUTあそう瑞穂
[天涯の佳人] CUT DUO BRAND.
[不浄の回廊] CUT小山田あみ
[眠る劣情] CUT高階　佑

■吉原理恵子
[二重螺旋]
[愛情鎖縛 二重螺旋2]
[攣哀感情 二重螺旋3]
[相思喪曖 二重螺旋4] CUT円陣闇丸
[間の楔①～③] CUT長門サイチ

〈2009年7月25日現在〉

イラスト／円陣闇丸

投稿小説★大募集

『楽しい』『感動的な』『心に残る』『新しい』小説——

みなさんが本当に読みたいと思っているのは、どんな物語ですか？　みずみずしい感覚の小説をお待ちしています！

•応募きまり•

[応募資格]

商業誌に未発表のオリジナル作品であれば、制限はありません。他社でデビューしている方でもOKです。

[枚数／書式]

20字×20行で50〜100枚程度。手書きは不可です。原稿は全て縦書きにして下さい。また、800字前後の粗筋紹介をつけて下さい。

[注意]

①原稿はクリップなどで右上を綴じ、各ページに通し番号を入れて下さい。また、次の事柄を１枚目に明記して下さい。
（作品タイトル、総枚数、投稿日、ペンネーム、本名、住所、電話番号、職業・学校名、年齢、投稿・受賞歴）
②原稿は返却しませんので、必要な方はコピーをとって下さい。
③締め切りは特別に定めません。採用の方にのみ、原稿到着から３ヶ月以内に編集部から連絡させていただきます。また、有望な方には編集部からの講評をお送りします。
④選考についての電話でのお問い合わせは受け付けできませんので、ご遠慮下さい。
⑤ご記入いただいた個人情報は、当企画の目的以外での利用はいたしません。

[あて先] 〒105-8055 東京都港区芝大門2-2-1
徳間書店 Chara編集部 投稿小説係

投稿イラスト★大募集

キャラ文庫を読んで、イメージが浮かんだシーンをイラストにしてお送り下さい。キャラ文庫、『Chara』『Chara Selection』『小説Chara』などで活躍してみませんか？

•応募きまり•

[応募資格]

応募資格はいっさい問いません。マンガ家＆イラストレーターとしてデビューしている方でもOKです。

[枚数／内容]

①イラストの対象となる小説は『キャラ文庫』か『Chara、Chara Selection、小説Charaにこれまで掲載された小説』に限ります。
②カラーイラスト１点、モノクロイラスト３点の合計４点。カラーは作品全体のイメージを。モノクロは背景やキャラクターの動きの分かるシーンを選ぶこと（裏にそのシーンのページ数を明記）。
③用紙サイズはＡ４以内。使用画材は自由。

[注意]

①カラーイラストの裏に、次の内容を明記して下さい。
（小説タイトル、投稿日、ペンネーム、本名、住所、電話番号、職業・学校名、年齢、投稿・受賞歴、返却の要・不要）
②原稿返却希望の方は、切手を貼った返却用封筒を同封して下さい。封筒のない原稿は編集部で処分します。返却は応募から１ヶ月前後。
③締め切りは特別に定めません。採用の方にのみ、編集部から連絡させていただきます。また、有望な方には編集部から講評をお送りします。選考結果の電話でのお問い合わせはご遠慮下さい。
④ご記入いただいた個人情報は、当企画の目的以外での利用はいたしません。

[あて先]

〒105-8055 東京都港区芝大門2-2-1
徳間書店 Chara編集部 投稿イラスト係